大道芸ワールドカップ

ねらわれたチャンピオン

大原興三郎・作
こぐれけんじろう・絵

大道芸ワールドカップ

ねらわれたチャンピオン

もくじ

プロローグ

大道芸《だいどうげい》ワールド・カップ。優勝賞金《ゆうしょうしょうきん》は二百万円《ひゃくまんえん》。

グランプリをねらっているのは、二十四組《くみ》いた。十三の国《くに》ぐにからやってきている自信《じしん》まんまんのパフォーマーたちばかりだった。

チャンピオンになって二百万円《ひゃくまんえん》せしめるためには、二十三組《くみ》あいてに勝《か》たなくちゃならない。

もちろん、チャンピオンはわたしだ。だしものは〈ジャックと豆《まめ》の木《き》〉。ぶっちぎりの大人気《だいにんき》だった。

うでじまんのパフォーマーたちも、もちろんねらいは、グランプリ。

火《ひ》をふく男《おとこ》。けんをのみこむ男《おとこ》。命《いのち》がけの空中演技《くうちゅうえんぎ》。パントマイム。コミックマジック。ジャグリング……。

わたしだってほめる。みんなみんな火花《ひばな》をちらすような技《わざ》をひろうした。町角《まちかど》で、駅前《えきまえ》広場《ひろば》で、公園《こうえん》のあちこちで。だけど、やっぱりわたしのが、だんとつの一番《いちばん》。

わたしがパートナーに選《えら》んだのは、ピエロ・ダントツとその娘《むすめ》うららちゃんだった。

うららちゃんは、父《とう》さんおもいの、それはそれは心《こころ》やさしい娘《こ》でね。わたしは、こんな娘《こ》に、こんな仕事《しごと》は、正直《しょうじき》いっていやだった。それなのに、ねっ。

〝ピエロ・ダントツ〟はバカだ。まったくの大《おお》バカものだった。どうして賞金《しょうきん》をひとりじめにしようなんてしたんだ。約束《やくそく》どおりの山《やま》

分《わ》けで、百万円《ひゃくまんえん》でまんぞくしていればよかったものを。

あのジャックと豆《まめ》の木《き》のしかけだって、くれてやるつもりでいたものを。そうすれば日本中《にっぽんじゅう》のあちこちで、あれをつかって、投《な》げ銭《せん》だってかせげたものをね。ひとり娘《むすめ》のうららちゃんだって、きっとよろこんだだろうにね。

たったの百万円《ひゃくまんえん》。いいや、たったなんていえない大金《たいきん》にはちがいなかったが、それにしても、うらぎる相手《あいて》が悪《わる》かった。それがこのわたしだったなんて……。

ま、これが、運命《うんめい》というものなんだね。

逃《に》げたってだめだ。このわたしから、逃《に》げおおせるわけがない。だってこのわたしは……。

おっと、それはまだ、もうすこしひみつにしておこう。

一、だめピエロ　ダントツ

「父《とう》ちゃん、だめっ。ビールなんかのんだらまた失敗《しっぱい》するよ」

うららちゃんは、ダントツのいしょうのぴちぴちのチョッキを後《うし》ろからひっぱった。

ダントツがふりむいた。口《くち》のまわりに、ビールのあわがくっついている。

「しんぱいするなって。ビールくらいでよっぱらうような、おれさまじゃねえ」

なき化粧《げしょう》の顔《かお》が笑《わら》った。右《みぎ》はんぶんが赤《あか》、左《ひだり》はんぶんは白《しろ》。まるい赤《あか》はなをくっつけて左目《ひだりめ》の下《した》に大《おお》つぶのなみだがひとつ。

そんなだから笑《わら》ったって泣《な》いたって、おんなじ顔《かお》にしかみえないけれど。

「だいいちよ、みてみろ。客《きゃく》なんか一人《ひとり》もきちゃいねえ」

そのとおりだった。公園中《こうえんじゅう》にものすごいかずの人《ひと》がおしかけている。くろ山《やま》の人《ひと》だかりがあっちにもこっちにもできて、拍手《はくしゅ》と笑《わら》い声《ごえ》にあふれている。

ダントツは、赤《あか》やオレンジに色《いろ》づいた、カロリナポプラの下《した》にいた。足《あし》もとにどでかいボストンバッグ。口《くち》がひらいて、ジャグリングの小道具《こどうぐ》がのぞいている。

ピン。短剣《たんけん》。トーチ。そして一輪車《いちりんしゃ》。

一輪車《いちりんしゃ》は、いちばん高《たか》くすると三《メー》《トル》にちかい。その上《うえ》で、はじめはピン。つぎは短剣《たんけん》。さいごは火《ひ》のついたトーチ。もちろん短剣《たんけん》には、刃《は》はついていないけれど。

それらは三本《ぼん》からはじまって、フィナーレは六本《ぽん》。うまくいけば、なかなかの技《わざ》だ。投《な》げ銭《せん》だってきっともらえる。でもダントツはだめだ。はじめからよっぱらっていた。

この日《ひ》は、いちばんひくくしても、一輪車《いちりんしゃ》にもまんぞくに乗《の》れなかった。ピンも、落《お》としてばかり。そんなだから、お客《きゃく》が集《あつ》まるわけがない。

たった一組《ひとくみ》、おばあさんが四人《にん》、見《み》てくれた。それも、どこも人《ひと》が多《おお》すぎて、とうてい見物《けんぶつ》できなかったせいだった。

うららちゃんはアシスタント役《やく》だった。おやこピエロだから、それらしいいしょうを着《き》ている。

つりズボンはだぶだぶ。金髪《きんぱつ》のかつらに鳥打《とりう》ちぼうし。パンダ化粧《けしょう》に赤《あか》はな。右《みぎ》は赤《あか》、左《ひだり》は青《あお》い長《なが》くつ下《した》。小学《しょうがく》四年《ねん》の女《おんな》の子《こ》なんだ。

ダントツの一輪車《いちりんしゃ》乗《の》りがはじまった。うららちゃんは、下《した》から短剣《たんけん》やトーチを手《て》わたす役《やく》だ。パフォーマンスが終《お》わればぼうしをぬいで、お客《きゃく》のあいだをまわる。もっとも投《な》げ銭《せん》があればのはなしだけれどね。

ダントツは、はじめからやる気《き》をなくしていた。一輪車《いちりんしゃ》は乗《の》れない。ピンも五本目《ほんめ》をもう、落《お》としてしまっていた。

それでも、おばあさんたちが手《て》まねきしてくれた。おずおずと近《ちか》づくと、投《な》げ銭《せん》をつまんだ手《て》が四本《ほん》、さしだされた。

「かんしんだね、お父《とう》さんのお手《て》つだいかね。はい、おだちんだよ」

「あんた、みすてちゃだめだよ。なんてったって、お父《とう》さんなんだからね」

「だけど、上手《じょうず》だったよ。なんていうのかね、あのビンのしんせきみたいなの、まわすとこ」

四人《にん》めは、なんにも言《い》わなかった。いきなり、しくしく泣《な》きだした。

「やだよお、あんたは。かわいそうな人見《ひとみ》ると、すぐ泣《な》くんだからあ」

うららちゃんは四人《にん》ぶんの投《な》げ銭《せん》をうけとった。ぴょこんって頭《あたま》を下《さ》げながら。

それをさいごに、だれもいなくなった。

「いくらだ、うらら」

ダントツが、ぼうしをのぞきこんだ。

「ちっ、十円《えん》ずつかい。ばかにしやがって」

うららちゃんは、なにも言《い》わなかった。十円《えん》だってありがたいよ。父《とう》ちゃん、あんなにしっぱいばかりなんだから、なんて。

うららちゃんは、ちらりと、うで時計《どけい》をみた。お気《き》に入《い》りの、ディズニーキャラクターのミッキーマウスが笑《わら》っている絵《え》だ。

もう四時《じ》。公園《こうえん》をとりかこむビルの窓《まど》に、まっ赤《か》な夕日《ゆうひ》がうつっていた。

すぐ後《うし》ろで、人《ひと》の気配《けはい》を感《かん》じた。うららちゃんは、なぜかどきっとしてふりむいた。

「こまっていてね。わたしに力《ちから》をかしてくれる人《ひと》を、さがしているんだが……」

男《おとこ》が立《た》っていた。声《こえ》はま上《うえ》からふってくる。すごいノッポだ。

全身《ぜんしん》が黒《くろ》いマントでつつまれている。つば広《びろ》のぼうしから、とがったあごがのぞいていた。

ダントツが、二、三歩《ぽ》あとずさりした。その前《まえ》につきだされたのは、この大道芸《だいどうげい》ワールド・カップのガイドブックだった。

「わたしは、ここにのっていてね」

黒《くろ》ずくめの男《おとこ》は、ページのまん中《なか》あたりをひらいていた。

そう、写真《しゃしん》の男《おとこ》は、いま目《め》の前《まえ》にいる。

ゴッド・Dと、その仲間《なかま》

パンフレットのしょうかいは、こうだった。

出《だ》しものは「ジャックと豆《まめ》の木《き》」。
すくすくのびる豆《まめ》の木《き》。
少年《しょうねん》ジャックと大男《おおおとこ》。
金《きん》の卵《たまご》をうむニワトリ。
おなじみの物語《ものがたり》を、
さあどんなしかけで見《み》せてくれるかお楽《たの》しみ。
ゴッド・Dは国《こく》せき不明《ふめい》!

ダントツは、口《くち》の中《なか》でぶつぶつと、そのしょうかいを読《よ》んだ。それから、黒《くろ》マントの男《おとこ》を見上《みあ》げた。
「あんたが、このゴッドさんかい。で、力《ちから》をかせって、おれたちおやこにかい?」
「そう。パートナーがあいにく病気《びょうき》でね。それがぐうぜん二人《ふたり》ともなんだ。

そこへ、あんたたちを見《み》かけてね。ジャックは少年《しょうねん》だけど、この子《こ》なら、男《おとこ》の子《こ》でじゅうぶんとおる。あんたのほうは大男《おおおとこ》にはだいぶ背《せ》たけがたりないが、なんの、いしょうでどうにでもなる」

——どうする？

ダントツの目《め》が、うららちゃんにきいた。

きかれたってこまる。じぶんの芸《げい》だっていまこんな父《とう》ちゃんが、しらない人《ひと》の芸《げい》なんか手《て》つだえるはずがない。

ことわろうよ。失敗《しっぱい》したら、この人《ひと》、ええと、ゴッド・Dさんにだって悪《わる》いし。

そう言《い》おうとしたのを、黒《くろ》マントの男《おとこ》がさえぎった。

「だいじょうぶだよ。ほんとうなら、あの一輪車《いちりんしゃ》で、火《ひ》のついたトーチをあやつるんだろう。それもいちどに六本《ぽん》も。

それにくらべたら、木《き》の上《うえ》からおりてくるだけの役《やく》だ。もっとも、そうだな、さいごは五《メー》《トル》くらいのところから落《お》ちることになるが、たったの五《メー》《トル》。五〇《メー》《トル》じゃあない。

それに空気《くうき》いっぱいの大男《おおおとこ》の着《き》ぐるみを着《き》てもらうからね。安全《あんぜん》なクッションだよ。うららちゃんだったね。きみの役《やく》は、ジャック。豆《まめ》の木《き》にのぼる。てっぺんまでね。だいじょうぶ、枝《えだ》はしっかりしているよ。下《お》りるときは金《きん》の卵《たまご》をうむニワトリをかかえているから、つかえるのは片方《かたほう》の手《て》だけになるが、なんの、きみなら朝《あさ》めしまえだ。みるからに、身《み》がるそうだしね」

ゴッド・Dは、うすいくちびるで笑《わら》った。

ものいいのおだやかなおじさんだ、このゴッドさんは。姿《すがた》はすこし、いいや、すこしどころかだいぶ不気味《ぶきみ》だけれど、それはパフォーマーのいしょうだからだ。

それをいうなら、いまのこの町《まち》には、まだまだ不気味《ぶきみ》な姿《すがた》の木《き》の精《せい》や、魔女やドレスのようかいがうようよやってきている。

町《まち》の中《なか》はゴーストタウンになって、子《こ》どもらがおいかけまわされているのだから。

「うらら、どうする？

おまえがいやだって言《い》うんなら、父《とう》ちゃんは……」

気《き》よわな目《め》で、ダントツは聞《き》いた。

「へんじの前《まえ》にね、ひとつ約束《やくそく》しよう。グランプリの賞金《しょうきん》はしっているね？　賞金《しょうきん》は山分《やまわ》け、半分《はんぶん》ずつって約束《やくそく》しよう。しかも、もしとれたらじゃない。かならずチャンピオンになれる。それはもう、きまっていることなんだ」

——チャンピオン。賞金《しょうきん》二百万円《ひゃくまんえん》。その半分《はんぶん》でも百万円《ひゃくまんえん》。すごい！

うららちゃんの目《め》が、くるくる動《うご》いた。

ふふんと、ダントツが鼻《はな》の先《さき》で笑《わら》った。

「そりゃあ、はなっから、ムリってもんだ。あんた、ワールド・カップは外国《がいこく》からの芸人《げいにん》がみんなねらってる。そのためにやってきた連中《れんちゅう》ばかりなんだぜ。みんなすごいのなんの

って。見《み》てごらんよ、そのガイドブック！」

ダントツは、ゴッドの手《て》からガイドブックをうばいとるようにして、ひらいた。世界中《せかいじゅう》からやってきた、パフォーマーたちのしょうかいと写真《しゃしん》を見《み》るだけで、ギブアップだ。

だいいちガイドブックのどこをひらいたって、ダントツなんかのっていない。かけ出《だ》しのまだへたくそなとびいりとおなじだ。

でも、ダントツは、ほんとうはいっぱしのピエロだった。ところが、じぶんでわかっていた。お酒《さけ》ののみすぎで、たぶん正式《せいしき》な出場者《しゅつじょうしゃ》にはしてもらえないだろうって。

「それにしよ、どうしてチャンプになるってきまってるんだい。おれにゃあ、とうていしんじられねえよ」

ゴッド・Dは、いきなりダントツとうららちゃんの肩《かた》をつかんだ。

すごい力《ちから》だ。うららちゃんは、頭《あたま》がうらうら、いいやまちがえた、くらくらっとして、気《き》が遠《とお》くなりかけた。その遠《とお》くなりかけた頭《あたま》の中《なか》に、うたうような声《こえ》がひびいたんだ。

――それは、わたしだからだ。約束《やくそく》するのが、このわたしだからだ。

「それに、約束《やくそく》はもうひとつある。

見物人《けんぶつにん》からもらう投《な》げ銭《せん》は、みんなきみたちのものだ」

ゴッド・Dは、すごいことをまた言《い》っていた。チャンピオンになれる話《はなし》はともかく、それはすごい！

「では、きまりだね。これをもっていてもらおう。わたしからのれんらく用《よう》だよ」

ダントツが手《て》わたされたのは、カメラつきの、ケイタイ電話《でんわ》らしかった。

ガイドブックはとてもくわしい。街中《まちじゅう》にもうけられた二十五のエリアと出演者《しゅつえんしゃ》と時間《じかん》が、プログラムされている。ところがダントツとうららちゃんには、このエリアがはじめからなかった。公園《こうえん》の片《かた》すみ、どこでもかってにやれ、という、その他《た》おおぜいの一組《ひとくみ》だったんだ。

パフォーマーはこの四日間《よっかかん》、大道《だいどう》、つまり路上《ろじょう》で、とくいの技《わざ》をひろうする。見《み》るほうはそこをぐるりととりかこみ、前《まえ》のほうは地《じ》べたにすわり、後《うし》ろは立《た》ち見《み》。人気《にんき》のある芸《げい》には、この人《ひと》がきがいくえにも重《かさ》なり、後《うし》ろからはまず見《み》えなくなる。

ゴッド・Dの〝ジャックと豆《まめ》の木《き》〟には、ちゃんとエリアがあった。ところが、一日目《いちにちめ》、すっぽかしだった。だから〈大会本部《たいかいほんぶ》〉へ、くじょうがいった。

『待《ま》ってたのに、どうしてやらないんだ』

委員《いいん》たちは、冷《ひや》あせをかいてあやまった。

ゴッド・Dは、すっぽかしのわけもれんらくしなかったっていう。かわりにダントツはいくどもペコペコあやまらされてしまった。

リハーサルは、ま夜中《よなか》だった。ケイタイが鳴《な》ってよびだされたのは、ねこの子《こ》いっぴきいない公園《こうえん》の、このエリア3だった。

うららちゃんのいしょうはそのままでOKだった。ダントツは、ぱんぱんにふくらんだナイロンせいのきぐるみを着《き》せられた。つりズボンの下《した》に、毛《け》むくじゃらの足《あし》までかかれた、全身《ぜんしん》すっぽりの。首《くび》から上《うえ》だけが、ぶしょうひげのダントツだった。

おもしろかった。これならチャンピオンはムリだとしても、投《な》げ銭《せん》くらいはきっと集《あつ》まるだろうって、うららちゃんはおもった。

それが、はじまった。

二、のろわれた　優勝候補《ゆうしょうこうほ》たち

大《おお》きな円形《えんけい》のはこのまわりには、草《くさ》の絵《え》がぐるりとかかれている。音楽《おんがく》。これがなんだか不気味《ぶきみ》だ。なにかこわいことがおこりそうな……。

うららちゃんの登場《とうじょう》。くるくるとかるいスキップで、見物人《けんぶつにん》の前《まえ》を一《いっ》しゅう。それから右手《みぎて》を高《たか》くあげてみせた。つまんでいるのは、うららちゃんのげんこつひとつぶんはある緑色《みどりいろ》のどでかいおもちゃのマメだった。

草《くさ》の中《なか》へ、ぽんと落《お》とした。

「うおっ」

見物人《けんぶつにん》たちから、おどろく声《こえ》が上《あ》がった。

はこから、緑色《みどりいろ》のつるがはい出《だ》してくる。いくほんもいくほんも。次《つぎ》に、太《ふと》いみき

が立《た》ち上《あ》がる。それがのびるのびる！

またたくまに枝《えだ》がのび、葉《は》もしげり、豆《まめ》の木《き》の大木《たいぼく》がエリア3にそびえたった。

てっぺんになにかがのぞいた。メンドリだ。金色《こんじき》に赤毛《あかげ》のまじった、赤《あか》いトサカをふりたてた、まるまるふとったうまそうなやつだ。

「コケッカキキーヨー」

のどをふくらませて、ときの声《こえ》をあげた。メンドリのくせに。ふつう、ときの声《こえ》はオンドリしかあげないものなのに。

うららちゃんが、手《て》をかざした。かるくジャンプしてから、下《した》の枝《えだ》にとびついた。

うららちゃんのジャックは、身《み》がるだった。そして、なかなかの演技《えんぎ》だった。とちゅうでわざと手《て》をはなしたり、ちゅうぶらりんになったり、その足《あし》をばたばたさせたりした。そのたびに見物人《けんぶつにん》のわらい声《ごえ》と拍手《はくしゅ》がわいた。

ジャックの姿《すがた》は、いちど豆《まめ》の木《き》のてっぺんで見《み》えなくなった。次《つぎ》にあらわれたとき、その左手《ひだりて》に、あのメンドリをかかえていた。

おりはじめる。こんどは片手《かたて》しかつかえないから、しんちょうだ。

まん中《なか》あたりまでおりたとき、豆《まめ》の木《き》がぐらりとゆれた。木《き》のてっぺんに、大男《おおおとこ》の顔《かお》があらわれた。

口《くち》を大《おお》きくひらいた。なにかわめいた。でも、ゴッド・Ｄのシナリオでは、いつもコトバはだめ。おしまいまでパントマイム。

大男《おおおとこ》は両《りょう》うでを大《おお》げさにふって、おこってみせながら、豆《まめ》の木《き》をおりはじめた。

大男《おおおとこ》ははやい。みるみるうちに、ジャックとの間《あいだ》がちぢまった。ちびっこたちが立《た》ち上《あ》がってさわいだ。ジャック、はやくしないとつかまっちゃうよお。

ジャックが地上《ちじょう》におりたった。大男《おおおとこ》はもうすぐ近《ちか》くまでおりてきている！

さあ、オノの出番《でばん》だ。もちろん、マメとおなじつくりもの。ジャックがそれをふるう。木《き》から空気《くうき》がぬける。かたむいた木《き》から、大男《おおおとこ》が落《お》っこちた。背中《せなか》を下《した》にして。その体《からだ》が、ボールみたいにはずんでいた。

動《うご》かなくなった大男《おおおとこ》の顔《かお》を、ジャックがのぞいた。大《おお》げさなパントマイムで。

メンドリが、そのジャックの頭《あたま》にとびのった。そして高《たか》く高《たか》く鳴《な》いた。

——コケッカキキーヨー……。

ジャックが右手《みぎて》を高《たか》くあげた。手《て》に金色《きんいろ》のタマゴをにぎっていた。

投《な》げ銭《せん》がすごかった。うららちゃんのぼうしは、ずっしりと重《おも》たくなった。中《なか》には千円札《せんえんさつ》まで、いく枚《まい》か入《はい》っていた。

ダントツのほうはかわいそう

に。ちびっこたちにけられたり、ふまれたり。それでも泣《な》き化粧《げしょう》の顔《かお》は笑《わら》いっぱなしだった。

かんがえてみれば、これはおかしな話《はなし》だ。金《きん》の卵《たまご》をうむニワトリをとられてこんな目《め》にあって。わるいのはジャックのほうなのに、みんなジャックのみかただなんて。まっ、しかたないか。主役《しゅやく》は子《こ》どもなんだから……。

「さあ、てつだうよ、ジャックくん」

ボランティアのおにいさんが三人《さんにん》、空気《くうき》のぬけた豆《まめ》の木《き》をたたんで、もとの箱《はこ》につめこんだ。後《あと》かたづけをいそがなくちゃあならない。この後《あと》すぐに、次《つぎ》のパフォーマーが待《ま》っている。

それこそ、ダントツの大男役《おおおとこやく》より大男《おおおとこ》のドイツ人《じん》の二人《ふたり》だ。上半身《じょうはんしん》ははだか。きっとアクロバットをやるのだろう。

この日《ひ》、この後《あと》、ジャックと豆《まめ》の木《き》は二度《ど》ここで行《おこな》われた。

「すごいわね。大男《おおおとこ》とニワトリは、はじめからかくれているのね。あの箱《はこ》の中《なか》に」

「ほんとにね。人《ひと》を乗《の》せたままあんなにふくらむなんて」

「それはできるさ。強力《きょうりょく》なエアポンプ、つかってるんだろう」

しかけのことも、ひょうばんになった。そのことは、じつはダントツにもうららちゃんにも、わけがわからなかった。

「すごいよな、うらら。おれはゴッドさんに言《い》われたとおりやっただけなんだ。このケイタイの番号《ばんごう》をただおすだけなんだ」

その夜《よる》、いっぱいきげんのダントツが言《い》った。

「1で音楽《おんがく》が鳴《な》る。2で木《き》がのびだす。3でメンドリが鳴《な》くんだ。メンドリはほんものなのに、ちゃんとすじがきどおりにな。

4をおすと、豆《まめ》の木《き》がへなへなっとしぼむ。空気《くうき》がどっからぬけるのかわからねえ。それより、あの箱《はこ》の中《なか》に、みんなが言《い》ってたみたいな強力《きょうりょく》なエアポンプらしいものは入《はい》っちゃいねえ。いったいどうなってるんだろうなあ」

それに……うららちゃんはおもう。あのゴッドさんは、とうとういちどもあらわれなかった。ケイタイもいちども鳴《な》らなかった。

それはともかく、これでチャンピオンに、ほんとうになれるんだろうか。とにかく、みんなすごいんだ。さすが遠《とお》い国《くに》からやってくるだけのことはある。どの芸《げい》もどの芸《げい》も、見物人《けんぶつにん》をおどろかせ、楽《たの》しませていた。

ところがどうだ。こんなことは二十九回目《かいめ》になる大会《たいかい》ではじめてだっていう。見物《けんぶつ》人《にん》のやんややんやの拍手《はくしゅ》をあびていた優勝候補《ゆうしょうこうほ》たちが、次々《つぎつぎ》に大失敗《だいしっぱい》しだしたのだ。

審査員《しんさいん》は、いっぱん市民《しみん》から五十人《にん》が選《えら》ばれていた。その審査《しんさ》は、一人《ひとり》が千円《せんえん》持《も》っていたとして、どのパフォーマーにいくら投《な》げ銭《せん》をするか、その合計《ごうけい》によってきめられる。

特別《とくべつ》のメーン会場《かいじょう》だけは有料《ゆうりょう》だ。そこは、高《たか》いステージをぐるりととりかこむ観客《かんきゃく》席《せき》がもうけられている。審査員席《しんさいんせき》はステージ前《まえ》の一等席《いっとうせき》。そのかんじんな舞台《ぶたい》で、どうして次々《つぎつぎ》とこんな失敗《しっぱい》がっ。審査員《しんさいん》たちは、あきれはててしまっていた。

森《もり》のようせいたち。エントリー・ナンバー4。

デンマークからやってきた四人組《にんぐみ》の〝高足《たかあし》ショー〟だった。不気味《ぶきみ》なようせいたちがワルツに合《あ》わせて、ゆうがにおどる。二《に》メートル《メートル》いじょうありそうな、高足《たかあし》をはいて。

街《まち》の中《なか》では子《こ》どもたちをおいまわし、こわがらせて大人気《だいにんき》の四人組《にんぐみ》だった。ところがだ。

いきなり一人《ひとり》の高足《たかあし》が、ぐにゃっと曲《ま》がった。もちろんこてんとこけた。ダンスをしていた一人《ひとり》が、かけよろうとした。ところが、足《あし》がからみあって動《うご》けない。そのままおりかさなって、ででえん……。

のこりの一人《ひとり》は、もっとこまった。とつぜん、高足《たかあし》がかってにおどりだしたのだから。

いったいなにがおこったのか。見物人《けんぶつにん》ははじめのうち、これもえんぎなんだとおもって笑《わら》っていた。ところが、そうではないらしい。やがて客席《きゃくせき》はしずまりかえった。かわいそうに白《しろ》いドレスのようせいは、ステージのはじっこぎりぎりで、ひいひいとひめいをあげっぱなしだった。

バックミュージックだけが、おかまいなしに流《なが》れつづけて。

次《つぎ》の失敗《しっぱい》は、ひさんのひとことだった。

ポーランドの魔女《まじょ》、エリナ。エントリー・ナンバー8。

エリナさんは、うっとりするほどの美女《びじょ》だった。なんにもできなくてもなにか賞《しょう》をやってもいいなんて、鼻《はな》の下《した》を長《なが》くしたお父《とう》さんたちは、おもったにちがいない。

音楽《おんがく》にあわせて、かろやかにおどる。おどりながら短剣《たんけん》をくるくるまわす。それだけならダントツもやる芸《げい》だけど、その一本《いっぽん》をのみこんでみせるパフォーマンス。

その剣《けん》がきえると、かわりに、いきなり火《ひ》をふくんだ。さすがに魔女《まじょ》だ。美《うつく》しい魔《ま》女《じょ》だ。それなのに……。

まず空中《くうちゅう》の剣《けん》が、いうことをきかなくなった。ちゅうにいる時間《じかん》、落《お》ちてくる時間《じかん》が、でたらめになった。まるで剣《けん》がじぶんかってにそうきめたみたいに。

ついに、二本《ほん》、三本《ぼん》が、空中《くうちゅう》でぶつかりあいはじめた。ガシャガシャとはでに鳴《な》って、エリナさんの足《あし》もとへ落《お》っこちたんだ。六本《ぽん》とも！

口《くち》からふいた火《ひ》が、なんと、きれいな金髪《きんぱつ》の前《まえ》がみにもえうつった。エリナさんはひめいをあげて、あわてててたたいて消《け》した。

やけどまではしなかったみたいだ。でもじまんの金髪《きんぱつ》もまっ白《しろ》なおでこも、すすでうすぐろくされてしまっていた。

見物人《けんぶつにん》たちから、大《おお》きなため息《いき》がもれた。

次《つぎ》におつきあいしたのは、マジシャン、ヘンリー百世《ひゃくせい》。イギリスからやってきた手品師《てじなし》だった。ぶあつい黒《くろ》のシルクのコートにぼうし。その手《て》もとから出《で》ること出《で》ること！

万国旗《ばんこっき》が花《はな》たばにかわる。三匹《びき》も。花《はな》たばがカードにはやがわりする。うでのひとふりごとにウサギがとびだす。なんと白《しろ》バトが六羽《わ》もだ。

もちろんコートの中《なか》にかくしてあるんだろうが、それをまったく感《かん》じさせないんだ。もちろん大《だい》かっさい、と言《い》いたいところだけれど、それはきのうまでのことだった。

マジシャンは、シルクハットにしかけがある。まるでそこからわくみたいにハトがあらわれた。黒《くろ》いシルクハットからの白《しろ》バトだから、あざやかなコントラストだった。

ハプニングのはじまりは、そのぼうしが、まずぬげなくなった。まるで頭《あたま》にぬいつけられでもしたみたいに。

ヘンリーさんはあせった。両手《りょうて》でつばをもち、ぬごうとした。そのへりが、べリべリッとちぎれて、顔《かお》の前《まえ》にたれさがった。

ぎしぎしやって、ようやくぬげた。その中《なか》にいたのは、ハトじゃなかった。なんとねこだったんだ。それがこの公園《こうえん》にすみついているノラねこの親分《おやぶん》みたいな、ふてぶてしいチャトラのやつだった。

見物人《けんぶつにん》が、どどっと笑《わら》った。おどろいたのはヘンリーさんだった。どうしてこんなやつがここに⁉

それはノラのほうもだった。ひるねをじゃましたのはだれだ⁉観客《かんきゃく》とヘンリーさんを、かわるがわるみつめたが、いきなりシルクハットからとびだした。そのついでに、ヘンリーさんの鼻《はな》のあたまを、おもいっきりひっかいたんだ。

ヘンリーさんはのけぞった。そのさわぎにおどろいたにちがいない。コートのあちこち

から、ウサギが、ハトが、花《はな》たばが、トランプがっ。これで、おじゃん！

ヘンリーさんは鼻《はな》のあたまをハンカチでおさえ、退場《たいじょう》。いつものような、かっこいい西洋式《せいようしき》のおじぎもなかった。

おっと、ヘンリーさんはじめから、この番号《ばんごう》を不吉《ふきつ》だといやがっていたのだそうだ。

次《つぎ》は空中《くうちゅう》アクロバットチーム〈ワルキューレ〉ナンバー17。1と7（イイナ）！13とちがって、こっちのナンバーはいい。でもこれは日本語《にほんご》だからのしゃれ。いいどころか！

ステージに、高《たか》だかと鉄《てつ》のパイプが組《く》みたてられた。そこに、赤《あか》い布《ぬの》が六本《ぽん》たれさがっている。

ワルキューレというのは戦場《せんじょう》をかけめぐる神話《しんわ》の女神《めがみ》だちだ。傷《きず》ついた兵士《へいし》たちを、てきみかたなく助《たす》ける、空《そら》とぶ女神《めがみ》たちだ。

ドイツからやってきた美人《びじん》ぞろいの三姉妹《さんしまい》は、同《おな》じドイツの作曲家《さっきょくか》〝ワーグナー〟の名曲《めいきょく》をバックに、空中《くうちゅう》をとんだ。まるで、布《ぬの》なんかないみたいに、自由《じゆう》に！　それこそ鳥《とり》のように！　まっ白《しろ》なドレスをはためかせて！

それがあんなことになるなんて！

三人《にん》の女神《めがみ》は、空中《くうちゅう》でときにはゆきかい、ときには重《かさ》なりあい、三人《にん》つながり、またはなれたりしながら、ステージいっぱいに、まさしく天《あま》かける女神《めがみ》になった。

ところが、いきなりのたつまきだった。木《こ》の葉《は》が、うずまきながらステージをおそったんだ。

女神《めがみ》たちのひめいは、観客席《かんきゃくせき》まで聞《き》こえた。木《こ》の葉《は》のうずは、それはそれは美《うつく》しかった。なぜって、公園《こうえん》は紅葉《こうよう》がいままっさかりだったんだから。イチョウの黄《き》。カエデの赤《あか》。カロリナポプラの赤紫《あかむらさき》。

女神《めがみ》たちは、そのうずの中《なか》で、まっ白《しろ》なドレスをばたばたと、あおられていた。布《ぬの》にしがみつきながら。

たつまきは、そのいじわるが終《お》わると、こんどは、観客席《かんきゃくせき》へおりていった。とおりすぎるとき、まきあげられるものは、手《て》あたりしだいに、とりあげようとした。

観客《かんきゃく》の帽子《ぼうし》。食《た》べかけの、まだ半分《はんぶん》いじょうものこっているスナック菓子《がし》のふくろ。

手提《てさ》げ。日《ひ》がさ。それらがうずまきながら、公園《こうえん》の空《そら》へまいあがり、こんどは、ばらばらとふってきたんだ。

なんだっ、いまのは⁉

さわぎがおさまって、おちつきをとりもどして、おもいだしたように、観客《かんきゃく》はステージを見《み》た。

三人《さんにん》の女神《めがみ》は、まだ空中《くうちゅう》にいた。

なんだっ、あの布《ぬの》は⁉

どうやれば、あそこまで、ぐるぐるまきにできるんだ⁉　足《あし》が、うでが、胴《どう》が、がんじがらめにされた女神《めがみ》たちが、もだえていた。

ボランティアのお兄《にい》さんたちが、ステージにかけのぼった。きゃたつを立《た》て布《ぬの》をときほぐすのに、一人《ひとり》十分《ぷん》くらいはかかっただろう。

天《あま》かける女神《めがみ》たちは、神話《しんわ》とはぎゃく、傷《きず》ついた兵士《へいし》を助《たす》けるどころか、きゃたつとボランティアに助《たす》けられて、青《あお》ざめた顔《かお》でステージからきえた。

風《かぜ》のいたずらだからと、同情《どうじょう》された。でも審査員《しんさいん》たちの評価《ひょうか》は二番目《にばんめ》だった。

そしていよいよ、「ジャックと豆《まめ》の木《き》」！
もし神《かみ》さまがいたとしたら、なんという不公平《ふこうへい》だろう。なんといういたずらだろう。
ひどい目《め》にあった四組分《くみぶん》の不運《ふうん》をまとめて幸運《こううん》にかえてくれたみたいになったんだ。

三、グランプリはだれだ

うららちゃんとダントツには、もうこれが六回目《かいめ》の出番《でばん》だった。

うららちゃんは、それにしても、カンがいい。それとも、さすが父《とう》さんゆずりの血《ち》なのかもしれない。

ダントツは、これでも、まえいたサーカスでけっこう人気者《にんきもの》のピエロだった。いつも失敗《しっぱい》ばかりする、まのぬけた役《やく》だったけれど、どう失敗《しっぱい》すればお客《きゃく》がよろこぶか、それをしりつくしている名《めい》ピエロだったたって言《い》っていいだろう。

本名《ほんみょう》は団一《だんはじめ》。ダンのいちばんだからダントツ。これは、ひげの団長《だんちょう》さんがつけてくれた芸名《げいめい》だった。

団《だん》うららちゃんは、そのサーカスで生《う》まれ育《そだ》った。小《ちい》さなころから、そんなダントツのことをよく見《み》てきた。
母《かあ》さんも、空中《くうちゅう》ブランコのスターだった。だから〝人《ひと》を楽《たの》しませる〟世界《せかい》のことはもしかしたら〝生《う》まれる前《まえ》から〟しっていたのかもしれない。

だのに、そんなダントツがサーカスにいられなくなったのは、お酒《さけ》のせいだ。酒好《さけず》きでだんだんくせになり、ついにしごとで舞台《ぶたい》に出《で》るときでさえ、やめられなくなってしまっていた。

小《ちい》さな失敗《しっぱい》を、いくつかやった。そのたびに団長《だんちょう》さんから、こっぴどくしかられた。でもかくれてのむのを、やめようとしなかった。

それでも、もともとがお客《きゃく》を笑《わら》わせる役《やく》だ

から、ふらふら歩《ある》いたって、つまずいてころんだって、それはわざとだとおもわれて笑《わら》いをさそっていた。

でも、団員《だんいん》の役《やく》はそれだけじゃない。なにしろ三十八人《にん》の団員《だんいん》と四十八頭《とう》の動物《どうぶつ》がいっしょにくらしているのだから、手《て》のあいているものが、なんだってやる。

ダントツは、食料《しょくりょう》の買《か》い出《だ》しで〝酒気《しゅき》おび運転《うんてん》〟をよくやった。つまりお酒《さけ》をのんで運転《うんてん》して、三回《かい》つかまっている。そのうち二回《かい》は、舞台《ぶたい》のある日《ひ》だった。ちゃんとプログラムにも名前《なまえ》がのっているし、だいじな出番《でばん》があった。それがパー。警察《けいさつ》につかまって、出《で》ることができなかった。

サーカスではお客《きゃく》さんには、あやまらなくちゃならなかった。でも、ほんとうのわけなんか言《い》えるわけない。

よっぱらいのことをトラなんて言《い》うけれど、ピエロのダントツがトラになりまして、なんて……。

ところが、大事件《だいじけん》がおきてしまったのだ。

事件《じけん》というのは、ほんもののトラの脱走《だっそう》だった。たったの三十分《ぷん》くらいだったけれど、すこしややこしいけれど、トラのハナコに生《う》まれてはじめての自由《じゆう》をあじわわせてやったのは、トラになってしまったダントツだった。

酒気《しゅき》おび運転《うんてん》は免許停止《めんきょていし》。つまり、きめられた期間《きかん》、運転《うんてん》はダメ。もちろん罰金《ばっきん》もウン万円《まんえん》とられた。でも、サーカスの中《なか》だけなら。

その日《ひ》、ダントツは軽《けい》トラックで動物《どうぶつ》たちのエサをくばっていた。まだこりずにのんだゆうべのウイスキーが、頭《あたま》の中《なか》にたぷたぷのこっていたかもしれない。バックに、ちゅういしなかった。ガガンと鉄《てつ》どうしがぶつかる音《おと》がひびいたときには、もうおそかった。

サーカスのスターは人間《にんげん》だけじゃない。ゾウはダンスをし、トラやライオンは火《ひ》の輪《わ》くぐりをする。オットセイはボールでみごとな曲芸《きょくげい》。曲馬乗《きょくばの》りは半分着《はんぶんき》かざった馬《うま》たちが主役《しゅやく》だ。

でも、猛獣《もうじゅう》たちはいっぽまちがえればきけんだから、いつもはせまいオリの中《なか》に入《い》れられている。でも、それでは健康《けんこう》に悪《わる》い。運動《うんどう》も日光浴《にっこうよく》もさせなくちゃならない。

サーカスのうらがわで、かんたんなサクを組《く》みたてる。とくにお天気《てんき》のいい日《ひ》なんかは、メストラのハナコと、オストラのタロウ、ジロウにとっては、しあわせなひとときだ。そのハナコのサクが一《いっ》か所《しょ》、たおれていた。

はじめハナコは、とまどったみたいだった。でも、トラックとサクの間《あいだ》に、たしかにすりぬけられるくらいのすき間《ま》がある。

——いいのかしら、目《め》の前《まえ》がこんなに広《ひろ》い。それにあんな緑《みどり》が。いいのね、きっと。自由《じゆう》に歩《ある》いていいっていうのね⁉

きっとそう思《おも》ったにちがいない。

運転席《うんてんせき》の横《よこ》をどでかい顔《かお》が横切《よこぎ》っていく。ダントツと目《め》があった。

——ありがとう。あなたが自由《じゆう》をくれたのね？

なんて言《い》ったみたいにむにゃむにゃっと口が動《うご》いたようにダントツには見《み》えた。

「だ、だれか、きてくれえ！」

ダントツは助手席《じょしゅせき》がわのまどをひらいて、さけんでいた。

その日《ひ》の公演《こうえん》は、午後《ごご》一時《じ》から。それまでに二時間半《じかんはん》ばかりあった。だからさいわい、お客《きゃく》はまだ一人《ひとり》もいなかった。でもサーカスの〝公演《こうえん》〟は、この町《まち》でいちばん広《ひろ》い〝公園《こうえん》〟をかりていた。そこへ幼稚園《ようちえん》の子《こ》どもたちが、遠足《えんそく》にきていたからさあ大《たい》変《へん》だっ。

トラ脱走《だっそう》の通報《つうほう》を受《う》けて、パトカーがひっきりなしにやってきた。

『住民《じゅうみん》のみなさん、家《いえ》から出《で》ないでください。

サーカスのトラが脱走《だっそう》しました。きけんです。家《いえ》の中《なか》にひなんしてください』

パトカーがボリュームいっぱいあげて、さけんだ。

でも、おまわりさんたちだって、よっぱらい運転《うんてん》の大《おお》トラはつかまえたことはあっても、ほんもののトラなんてはじめてのことだ。

みんな、へっぴりごしでけん銃《じゅう》をかまえて、木《き》のかげからおっかなびっくりで顔《かお》だけのぞかせているだけだ。

ハナコは、そっちへむかって、のっしのっしと歩《ある》いていく。まるで、友《とも》だちにでもなりたがっているみたいにだ。

オートバイの曲乗《きょくの》りのシゲさんが、ライフル銃《じゅう》をかまえた。ならんで、団長《だんちょう》さんが、パイプでつくってある吹《ふ》き矢《や》をふいた。

ハナコが、一声《ひとこえ》うなった。

そのおしりでにぶい音《おと》がして、ハナコがふりかえった。つづけてもう一発《いっぱつ》。ハナコのこしが、すとんと落《お》ちた。

たまは、ますいだ。おしりで、注射器《ちゅうしゃき》みたいなのがゆれていた。

これがきかなければ、こんどこそライフル銃《じゅう》でうち殺《ころ》さなくちゃならない。でも、それはしたくない。だってトラたちは、きちょうなサーカスのざいさんだ。ここまでならすのに、子《こ》どものころから、どのくらいの時間《じかん》と費用《ひよう》をかけたことだろう。

ハナコの頭《あたま》がくらくらとゆれた。おしりをしきりに気《き》にした。

——なんなの？　わたしのおしりにかみついたのは。それとも、だれかのつめ？　やめてよっ。タロウ？　それともジロウ？

眠《ねむ》ってしまったハナコは重《おも》たかった。なにしろ四〇〇キロ《キロ》グラム《グラム》はこえているのだから。大《おお》ぜいの団員《だんいん》をふらふらにさせながら、いつものオリへ運《はこ》ばれていった。

事件《じけん》はテレビでも新聞《しんぶん》でもラジオでも報道《ほうどう》された。団長《だんちょう》さんは、大目玉《おおめだま》をくらい、この町《まち》での公演《こうえん》は、途中《とちゅう》でうちきらなくちゃならなくなった。

せめてものすくいは、ハナコがうち殺《ころ》されなくてすんだことだった。

ダントツはついにくび。お母《かあ》さんはサーカスに残《のこ》っていまは九州《きゅうしゅう》で公演中《こうえんちゅう》だ。そんなわけでいま家族《かぞく》ははなればなれってわけなんだ。

うららちゃんは今《いま》まで、サーカスのいく町《まち》で、そのたびに転校《てんこう》していた。みじかいときは一か月《げつ》。ながくても三か月《げつ》。この四年生《ねんせい》になるまで、もうなん十回《かい》そうしてきただろう。それがはじめて、六か月《げつ》、おなじ小学校《しょうがっこう》にかよっていられる。

この町《まち》は、お母《かあ》さんが生《う》まれた町《まち》。ここで一間《ひとま》きりのアパートを借《か》りた。この六か月《げつ》の間《あいだ》、お母《かあ》さんは五回《かい》きてくれている。ダントツをみすてたりしなかった。あれこれと足《た》りないものを買《か》いそろえ、ダントツをはげまして、サーカスへ帰《かえ》っていった。

「お父《とう》さんをたのむわよ、うらら。

きっと、まえみたいになれるから。いっしょにくらせるようになれるから」

いつもそう言《い》いながら。

ダントツとくらすことを望《のぞ》んだのは、うららちゃんだった。父《とう》ちゃんを一人《ひとり》きりにはできない。そうおもったことも理由《りゆう》だけれど、転校《てんこう》も、しょうじきつらかった。ともだちだってほしかった。その願《ねが》いがすこし、かなった。

ダントツは、ときどき温泉《おんせん》なんかへ、しごとによばれた。団体《だんたい》のお客《きゃく》のまえで、おどけたジャグリングなんかやった。そのうでまえも、ほんとうは、りっぱなプロだった。

出演料《しゅつえんりょう》のほか、チップももらえる。なによりうれしいのは、演技《えんぎ》が終《お》わってからすすめられる、お酒《さけ》だった。

いじきたなく、すすめられるままに、いいや、すすめられないぶんまでのんだ。だらしなく、よいつぶれた。だれもいなくなった宴会場《えんかいじょう》に、着《き》くずれたモーニングで、つきでたおなかで。

そんなだから、ダントツのしごとは、だんだんこなくなった。だいぶやけっぱちになっていたところへ、この〝大道芸《だいどうげい》ワールド・カップ〟だった。

ガイドブックにのらなくても、フリーで出場《しゅつじょう》できれば、投《な》げ銭《せん》はもらえる。

「うらら、てつだえ。ほしがってるランドセル、買《か》ってやるぞ。ま、もしかしたらだが」

なにをてつだうのか、聞《き》くまでもなかった。カレンダーは四連休《れんきゅう》、学校《がっこう》も四日間《よっかかん》の休《やす》み！

体《からだ》に合《あ》わせて、ピエロのいしょうは、ダントツの手《て》づくり。古《ふる》い、じぶんのを、みごとにしたてなおした。そして化粧《けしょう》。かっこうだけは楽《たの》しげなピエロのおやこが、カガミの中《なか》にならんでいた。

それなのに、失敗《しっぱい》、また失敗《しっぱい》。こんなみじめな父《とう》ちゃんなんか、見《み》たくもなかった。ダントツはサーカスでは人気《にんき》ものだった。ポスターにだって写真《しゃしん》も名前《なまえ》ものっていた。うららちゃんからみれば、空中《くうちゅう》ブランコチームのだれよりも、オートバイの曲乗《きょくの》りのシゲさんよりも、曲馬《きょくば》のマーちゃんよりも、あのもうじゅう使《つか》いのトクさんよりもかっこよくて楽《たの》しいスターだったんだ。

――もうやめようよ、父《とう》ちゃん。父《とう》ちゃん、お酒《さけ》やめなくちゃだめ。お酒《さけ》やめて、体《からだ》なおして、出《で》なおそうよ。

母《かあ》ちゃん言《い》ってたでしょ。そうすればきっとまた、サーカスへもどれるって。団長《だんちょう》さんもきっとゆるしてくれるって。

これは、病気《びょうき》なんだって。お酒《さけ》わるいことわかっていてもやめられないのは、お酒《さけ》のせいなんだって。〝いぞんしょう〟って言《い》うんだって。心《こころ》の力《ちから》じゃなおせないんだって。だから、入院《にゅういん》したほうがいいって。母《かあ》ちゃん、なきながら言《い》ってたじゃない。

そう言《い》いかけたときだった。ゴッド・Dが声《こえ》をかけてきたのは。

まさしく、あのおじさんは、うららちゃんたち二人《ふたり》にとってゴッド、そう、神《かみ》さまだった。

五十人《にん》の審査員《しんさいん》たちの見《み》つめる前《まえ》で、それは始《はじ》まった。まったくきせきと言《い》ってい い、いくつかの幸運《こううん》にめぐまれながら。

バックミュージック。とびはねながら出《で》てくる、うららちゃん。右手《みぎて》に高《たか》だかとかざすどでかい豆《まめ》ひとつ。

まかれて、のびはじめる豆《まめ》の木《き》。見《み》るまにつるをのばし、葉《は》をしげらせ、巨大《きょだい》な木《き》になってのびるのびる！

そのときだった。あのたつまきがまたおきたのは。公園中《こうえんじゅう》の、ありとあらゆる色《いろ》にそまった紅葉《こうよう》が、うずまいてやってきた。そして、のびていく豆《まめ》の木《き》をおしつつんだ。ぐるぐるとうずまきながら。

「コケッカキキーヨー……」

金色《きんいろ》のニワトリが、豆《まめ》の木《き》のてっぺんで声《こえ》をかぎりに鳴《な》いた。その声《こえ》がめいれいだったみたいに、木《こ》の葉《は》はおとなしくなった。ゆっくりとまい落《お》ちて、ステージにふりつもった。

豆《まめ》の木《き》のてっぺんに大男《おおおとこ》の手《て》。つかまえられてひっこむニワトリ。木《こ》の葉《は》のたつまきにあっけにとられていたうららちゃんは、われにかえった。

ニワトリ、大男《おおおとこ》、おっかけっこ。そして豆《まめ》の木《き》がたおれ、落《お》っこちる大男《おおおとこ》。いつもと同《おな》じだった。ちがったのは、この先《さき》だった。

音楽《おんがく》もぴったりに終《お》わった。すこし不気味《ぶきみ》で、おどりだしたくなるほどにぎやかで。そして曲《きょく》の中《なか》に、ニワトリが鳴《な》くのだ。

金色《きんいろ》のニワトリは、それがわかっているにちがいなかった。いつもそこで、じぶんも、ときの声《こえ》をあげるのだ。声《こえ》をかぎりに！

ジャックの手《て》に、金《きん》の卵《たまご》。それが、いつもとちがって、ダチョウの卵《たまご》ほどある。

うららちゃんは、いっしゅんおどろいた。いったいどこでこうなったの⁉

でも、まよわずそれを頭上《ずじょう》に高《たか》だかとかざして見《み》せた。すじがきどおりに。

このときだった。うららちゃんは、観客《かんきゃく》の笑《わら》い声《ごえ》よりはっきりと、たしかに聞《き》いた。

「卵《たまご》をなげなさいっ、うららちゃん。おもいきり高《たか》くにだ」

ふしぎな声《こえ》をあやしみさえしなかった。たましいをぬかれたみたいに、頭《あたま》の中《なか》はからっぽだった。
金色《きんいろ》の卵《たまご》は、ステージの真上《まうえ》へ高《たか》く放《ほう》り投《な》げられた。そしてのぼりきってとまった。こんどは落《お》ちにかかる、そのときだった。

メーンステージをうめつくしている観客《かんきゃく》は見《み》た。いったい、こんなマジックが、今《いま》までであっただろうか。二十九回目《かいめ》になるワールド・カップなのに。今《いま》までののべ五百組《ごひゃっくみ》ちかくにもなる、世界中《せかいじゅう》からやってきている一流《いちりゅう》のパフォーマーがいるというのに。

卵《たまご》は、ぽんと、かろやかに音立《おとた》てて割《わ》れた。割《わ》れたカラは金色《きんいろ》の粉《こな》になり、ゆっくりとひろがりうち上《あ》げ花火《はなび》のさいごの火《ひ》みたいに落《お》ちてきた。口《くち》をぽかんとあけたま、うららちゃんは、すっぽりと金色《きんいろ》の粉《こな》につつまれた。

そして、空《そら》にニワトリがはばたいていた。ニワトリが空《そら》をとぶ⁉　そう、とんだんだ。しかも、ステージの上《うえ》を三回半《かいはん》。

けっして、じょうずではなかった。でも、いっしょうけんめいだった。ばたばたと音《おと》までたてながらだった。

観客《かんきゃく》の目《め》も審査員《しんさいん》の目《め》も、そのニワトリにくぎづけだった。それが、カロリナポプラのなみ木《き》のこずえすれすれにとび、西《にし》の空《そら》へ見《み》えなくなるまで。

「いったい、なにが、どうなってんだ……」

うららちゃんのすぐ横《よこ》に、ダントツがつっ立《た》っていた。空《そら》とぶニワトリが消《き》えた西《にし》の空《そら》を、ぼうぜんと見《み》つめたまま。

いきなりの拍手《はくしゅ》だった。体《からだ》がゆれるほどの。観客《かんきゃく》がほとんどそう立《だ》ちになって、拍《はく》手《しゅ》してくれている。うららちゃんは、ようやくわれにかえっていた。

四、ガイドブックのミステリー

「なあ、うらら。おかしなことがあるもんだなあ。父《とう》ちゃん、聞《き》くともなしに聞《き》いちまったんだが、あのゴッド・Dさんにな、じつはだれも会《あ》っちゃいないんだって。姿《すがた》を見《み》たもの、口《くち》をきいたものも、いないっていうんだ……」

ダントツが、なんだか気味《きみ》わるそうにそう言《い》ったのは、大会《たいかい》が終《お》わって、表彰式《ひょうしょうしき》もすんで、安《やす》アパートへ帰《かえ》った夜《よる》のことだった。

「そんな……。だって、ちゃんと写真《しゃしん》だってのってるじゃない、あのガイドブックに。係《かかり》の人《ひと》が会《あ》ってなくちゃあ、ああできなかったはずだよ。父《とう》ちゃん、またよっぱらってたんでしょ。

ま、こんやはお祝《いわ》いだからいいけど」

うららちゃんの目《め》の前《まえ》には、ショートケーキがある。それも、三《みっ》つも。

ダントツが、帰《かえ》り道《みち》で買《か》ってくれたんだ。街《まち》でひょうばんのケーキ屋《や》さんへよって。うららちゃんに二《ふた》つ、ダントツに一《ひと》つ。でも、ダントツは甘《あま》いものは食《た》べないから、三《みっ》つともうららちゃんのになるのは、きまったようなものだけれど。

「それがな、うらら……」

ケーキにのばした手《て》がとまった。聞《き》いているうちに、うららちゃんもうす気味《きみ》わるくなっていた。

ダントツが立《た》ち聞《ぎ》きしてしまった話《はなし》というう

のは、こんなことだった。それは表彰式《ひょうしょうしき》が始《はじ》まる前《まえ》のことだった。

ダントツは、会場《かいじょう》に仮設《かせつ》された大会関係者用《たいかいかんけいしゃよう》のトイレへ入《はい》っていた。

『だって委員長《いいんちょう》、ワールド・カップのエントリーですよ。だれかがそのパフォーマンスをみて、これならってみとめなくては出《で》られないんですよ。

写真《しゃしん》だってそのときとるか、本人《ほんにん》からあずかるか、したはずでしょ』

『ところが、いまになってわかったんだが、だれもそうしてなかったんだよ。申《もう》しこんだゴッド・Dに会《あ》ったものがいなかったんだよ。あの出《だ》しものをどこかでみたものも、だれ一人《ひとり》いなかったんだよ』

『そんな……。じゃあどうして、ガイドブックにのったんですか？』

『それもおかしいんだ。印刷屋《いんさつや》へおくった原稿《げんこう》しらべなおしてみたが、なかった。』

話《はなし》は、ますますおかしくなっていった。

『印刷屋《いんさつや》さん、なんて言《い》ってるんですか？』

『原稿《げんこう》どおり、つくったって言《い》うんだ。ゴッド・D、たしかにのってたって』

『そ、そんなばかな……』

『わたしだって、わけがわからんよ。だってにじゅうさんじゅうにおかしいだろう。つまり、いくつもあったチェックと係《かかり》の目《め》をみんなすりぬけて、ガイドブックができあがった。そして大会《たいかい》が始《はじ》まったら、初《はじ》めて現《あらわ》れて、しかも、あの大《おお》じかけだよ。ところが、演《えん》じたのはゴッド・Dじゃなかった。あの二人《ふたり》だった。フリーで参加《さんか》の、いてもいなくてもいいような、ね。

かんじんのゴッド・Dは、とうとうあらわれなかった。だのにだよ、五十人《にん》の審査《しんさ》員《いん》が全員《ぜんいん》、だんとつ一番《いちばん》の点《てん》をつけた。

それはともかく、ガイドブックのミステリーだが、一《ひと》つ考《かんが》えられることは、印刷《いんさつ》のぎりぎりで、何者《なにもの》かが原稿《げんこう》をすりかえたってこと。ほかには考《かんが》えられないな』

『審査員《しんさいん》は、このことを知《し》ってるんですか？』

『知《し》らない。いいや、いまさら知《し》らせるわけにはいかないだろう。大会《たいかい》が正式《せいしき》にみとめていないものがあらわれて、しかもグランプリだなんて。まるで幽霊《ゆうれい》だ。幽霊《ゆうれい》に二百万円《ひゃくまんえん》もっていかれちゃうわけだ』

『取《と》り消《け》しはできないんですか、委員長《いいんちょう》？』

『そうできそうな理由《りゆう》は、一《ひと》つあるんだが。日本《にっぽん》では、子《こ》どもを働《はたら》かせちゃいけないきまりだ。だけど委員会《いいんかい》では、みんな反対《はんたい》した。これは祭《まつ》りだからね、楽《たの》しいことが一番《いちばん》だって。きみはあのときいなかったか。あれは、父親《ちちおや》の手《て》つだい。やぼなこと、言《い》いっこなしだ。この四日間《よっかかん》で、二百万人《ひゃくまんにん》が見《み》ている。いまやみんなあの二人《ふたり》のみかただ。それを取《と》り消《け》したら大《おお》さわぎになる。その理由《りゆう》が知《し》られたら、大会運営委員会《たいかいうんえいいいんかい》の大《おお》きなミスだ。信用問題《しんようもんだい》になるし、マスコミにだってたたかれる』

『じたいも、させられませんね？』

『それもむりだろう。ゴッド・Dが出場《しゅつじょう》しなかったからって理由《りゆう》も考《かんが》えたよ。ところが、相手《あいて》はしたたかだよ。ちゃんとガイドブックにのってるんだ。〝ゴッド・Dとその仲間《なかま》〟ってね。だいいちじたいしてほしいって言《い》いたくても、かんじんのボスがどこにいるのやら……』

ダントツは、ごくりと。自分《じぶん》の生《なま》つばをのみこむ音《おと》を聞《き》いていた。

『なんだか、はじめからいなかったみたいな話《はなし》ですね、ゴッド・D。まるでゴーストみたいに……』

『き、きみ、きみわるいこと言《い》うなよお……と、ともかく表彰式《ひょうしょうしき》だからね。もしかしたらあらわれるかもしれない、ゴッド・D。それがだめなら、それとなく、あの二人《ふたり》に聞《き》いてみることにしよう』

ダントツはトイレの中《なか》で、息《いき》をころして聞《き》いていた。おしっこだってちびったかもしれない。

足音《あしおと》がさってそっと外《そと》をのぞいた。冷《つめ》たい風《かぜ》がほっぺたをなでて通《とお》りすぎた。

「それであのとき、委員長《いいんちょう》さんあんなこと」

ダントツは、うそをついたのだ。うららちゃんに、ようやく話《はなし》がつながった。

『なにしろ、グランプリですからね。あの大《おお》じかけを作《つく》ったゴッドさんには、ぜひとも出《で》てほしいんですよ、表彰式《ひょうしょうしき》には。

もちろん、あなたたちおやこの演技《えんぎ》もすばらしかった。お客《きゃく》さんたちは、もういちど、あなたたちに拍手《はくしゅ》したいでしょう。でも、ゴッドさんはどういう方《かた》なのか、知《し》りたい、そうでしょう?』

『ところで、いつからゴッドさんと? いままでどこで、あれをやっていたんですか? コンビを組《く》んだのは、いつからですか?』

まだ、若者《わかもの》みたいなかんじの委員《いいん》が、やつぎばやに聞《き》いた。ダントツには、その声《こえ》に聞《き》きおぼえがあった。そうだ、トイレの中《なか》でだ。

『いつからって……』

ダントツが言《い》いよどんだ。こまった顔《かお》になって、うららちゃんを見《み》た。

どきんとした。この人《ひと》たちは、だいぶあやしみだしている!? もしかしたら、グランプリを取《と》り消《け》されるかもしれない!

たしかにへんだ。ゴッドさんは、あれから

いちども姿《すがた》を見《み》せない。なにかあったのならケイタイを鳴《な》らせばすむことだ。

そのケイタイだって、そういえば一《いっ》ぽうてきにこっちにわたしておいて、じぶんの方《ほう》の番号《ばんごう》は知《し》らせていなかった。

父《とう》ちゃんとも、こまったねって話《はな》していた。この大人気《だいにんき》、もしかしたらゴッドさんの言《い》ってたとおり、グランプリかもしれない。そうでなくても、投《な》げ銭《せん》が信《しん》じられないくらいにすごい。その報告《ほうこく》だってしたかったのに。

この委員《いいん》のおじさんたちの言《い》う通《とお》りだ。

表彰式《ひょうしょうしき》であびる拍手《はくしゅ》は、やっぱりゴッドさんのものだってうららちゃんは思《おも》った。

委員《いいん》のおじさんたちは、二人《ふたり》をほめてくれる。うららちゃんは、もちろんうれしい。でも、大男《おおおとこ》とジャックの役《やく》なら、言《い》いたくはないけれど、きっとほかの人《ひと》にもできるだろう。

委員《いいん》のおじさんたちは、そう思《おも》っているのかもしれない。だからグランプリは取《と》り消《け》し!? そんなのくやしいっ。

『かぜひいたんです、ゴッドさん。

インフルエンザはやり出《だ》してるでしょう。それで、周《まわ》りの人《ひと》にうつしちゃわるいから って』

うららちゃんは、とっさにうそをついていた。

ダントツがそれをうけた。

『そう、そのインフレってやつでさあ。

それで、ざんねんだけど表彰式《ひょうしょうしき》には、おれたちおやこだけで出《で》ろって。みなさんには、くれぐれもよろしくって言《い》ってました。

なあ、うらら』

『わかりました。で、コンビのほうは？』

『じつは、初《はじ》めて会《あ》ったのは、大会《たいかい》の始《はじ》まった日《ひ》で。

ボスがあらわれて、あいぼう二人《ふたり》が急病《きゅうびょう》で、それで、おれたち二人《ふたり》にどうかって
……』

『どんな人《ひと》でした？』

若《わか》い委員《いいん》が、はや口《くち》に聞《き》いた。

『どんな、って言《い》われたって……。そのガイドブックにのってる人《ひと》で。なあ、うらら』

うららちゃんは、うなずいた。

『じゃあ、練習《れんしゅう》もしないで？』

『いちどだけ、その夜《よる》に』

『いちどだけで、あのパフォーマンスを⁉』

『それはおどろきだ。大男《おおおとこ》もだが、ジャックはまだこんな子《こ》どもだっていうのに』

うららちゃんは、ほっとした。もうきまりかもしれない。うそはやっぱりいやだけど。

『あの、お父《とう》さん、クラウンなんです。サーカスの人気者《にんきもの》のピエロなんです。だから、あのくらいのこと』

『きみのほうは？』

『いつも見《み》てましたから、お父《とう》さんのこと』

『ほう！』

『それでかっ』

『よかったよ、大《たい》したものだった』

委員《いいん》たちが、口《くち》ぐちにほめてくれた。

委員長《いいんちょう》が言《い》った。きちんと、白髪《はくはつ》をととのえた紳士《しんし》だった。

『それではみなさん、このままでいぎありませんね。くれぐれもあのことは……』

委員《いいん》たちが、いっせいにうなずいた。

委員長《いいんちょう》が、うららちゃんたちにむき直《なお》った。

『たったいちどのリハーサルで……。

五十人《にん》の審査員《しんさいん》・全員《ぜんいん》だんとつのナンバーワン。当然《とうぜん》です。しかけもですが、この賞《しょう》は、あなたたち二人《ふたり》がしとめるかちはじゅうぶんです。

おめでとう。ワールド・カップ、チャンピオンです！』

うららちゃんは、涙《なみだ》が出《で》そうになった。

ダントツは、顔《かお》をまっかにして、なにか言《い》おうとして、口《くち》をもぐもぐやっていた。

顔《かお》が赤《あか》いのは、化粧《けしょう》のせいでも、お酒《さけ》のせいでもなかった。だってこの二日間《ふつかかん》、お酒《さけ》はとうとう、がまんし続《つづ》けていたんだから。だいぶ、つらそうだったけれど。

「だけど、どうして電話《でんわ》よこさねえんだろうなあ、ゴッドさん」

ダントツはあのケイタイをてのひらにのせて、つぶやいた。

「あんたにゃ、わたさなくちゃならねえ百万円《ひゃくまんえん》が。本当《ほんとう》は二百万円《ひゃくまんえん》だっていいんだ。ひさしぶりだった、あんな拍手《はくしゅ》あびたのは。おまけに投《な》げ銭《せん》がよ、なんと三十八万《まん》と四十三円《えん》だ。たったの三日間《みっかかん》で。とても信《しん》じられねえ。だけど、あんたのことだ。きっと言《い》うよな、約束《やくそく》どおり、百万円《ひゃくまんえん》でいいって。ありがたくもらっとくよ。

だけどな、はやく電話《でんわ》ならしてくれよ。でねえと、ねっからだらしねえおれのことだ、できごころってので、めばえるぜ。

酒《さけ》はな、もしかしたらやめられるかもしれねえっておもいはじめてる。

おれはカケたんだ。あんたに百万円《ひゃくまんえん》わたして礼《れい》を言《い》ったらもしかしたらこのおれは……。

それに、あの大《おお》じかけ。ひきとれって言《い》われたってこまっちまった。

なんとかたのんで、役場《やくば》の物《もの》おきにあずかっちゃあもらったが、そういつまでもってわけにもいくめえ……」

「だいじょうぶだよ、父《とう》ちゃん。ケイタイ、いまにきっと鳴《な》るよ。

さあ、お祝《いわ》いのケーキ食《た》べようよ、イチゴとチョコ、どっちがいい？」

「ど、どっちもうまそうで、まよっちまう。だから、みんな食《く》われちまわないうちに、うらら、おまえがいそいで食《く》っちまえ！」

うららちゃんは笑《わら》った。

グランプリになったニュースは新聞《しんぶん》にもテレビにも出《で》た。九州《きゅうしゅう》にいるお母《かあ》さんからも、大《おお》よろこびした電話《でんわ》がきた。

「すごいわね。やっぱりあなたよ。団長《だんちょう》さんも、よろこんでくれた。きっといまに、サーカスへもどれって言《い》ってくれるわ。

うらら、もうすこしのしんぼうね」

うららちゃんは、いちやく学校《がっこう》の人気者《にんきもの》になった。転校生《てんこうせい》で、とくべつの仲《なか》よしもまだいなかったけれど、もう大《だい》じょうぶになった。

それなのに、ゴッド・Dからの電話《でんわ》は鳴《な》らなかった。鳴《な》らないまま四十日《よんじゅうにち》ちかくがすぎようとしていた。そして……。

今夜《こんや》はクリスマスイブ、だという朝《あさ》をむかえた。その朝《あさ》のことだ。

「うらら、したくしろ。ひっこしだ！　昼《ひる》までにもどるからな。じぶんのいるもんだけ、まとめとけ。いいなっ」

「父《とう》ちゃん！」

わけを聞《き》く間《ま》もなかった。

ダントツの足音《あしおと》は、ボロアパートのゆかをぎしぎしいわせてきえていた。

着《き》る物《もの》、三、四組《くみ》。学校《がっこう》の教科書《きょうかしょ》とランドセル。ランドセルはまだ新品《しんぴん》だ。一年生《ねんせい》のときからの赤《あか》いのはもう背中《せなか》にきゅうくつだったし、だいぶいたみかけていたから、ダントツが買《か》いかえてくれたのだ。グランプリの、ごほうびだった。

色《いろ》は黒《くろ》。横《よこ》ながっ。きっと中学生《ちゅうがくせい》になっても使《つか》える、お気《き》に入《い》りのだ。

くつは二足《そく》。これも一足《いっそく》は新品《しんぴん》。もったいなくて、まだおろしてもない。

じぶんのものといったら、これくらいしかない。それでもひっこしなら、お茶《ちゃ》わんやなべ、かまくらいはあったほうがいいだろう。

あき箱《ばこ》をさがして、なにやかやとつめこみながら考《かんが》えた。どうして、こんなに急《きゅう》に⁉

それに、ひっこしっていったいどこへ？

今日《きょう》の今日《きょう》まで、聞《き》いたこともなかった。いままでの学校《がっこう》とちがって、はじめて七か月《げつ》ちかくいる。仲《なか》よしも、たくさんできた。先生《せんせい》も若《わか》い女《おんな》の先生《せんせい》で、ちょっぴりたよりなかったけれど、うららちゃんをかわいがってくれてる。それなのに……。

もしかしたら、あのゴッド・Dに、なにかかんけいがあるんだろうか。あの日《ひ》から、いくども、その話《はなし》になっていた。ケイタイは、どうしていちども鳴《な》らないのだろうか。

五、ようやく鳴《な》ったケイタイ

うららちゃんは夢《ゆめ》を見《み》ていた。あのグランプリのステージに、一人立《ひとりた》っている。どうしたことだろう。観客《かんきゃく》は一人《ひとり》もいない。あのとき、きっと一《ひと》つも空《あ》きはなかった観客席《かんきゃくせき》が、からっぽでしずまりかえっている。

そのかわり、色《いろ》とりどりの落《お》ち葉《ば》にうずまっているんだ。

「まってっ。どこへ行《い》くの⁉　ひとこと、お礼《れい》を言《い》わせてっ」

うららちゃんは、ステージからとび降《お》りた。

あのメンドリが、カロリナポプラのこずえすれすれに飛《と》んでいく。そのメンドリにむかって、声《こえ》をかぎりにさけんでいた。

「まって！」

さけびながら、広場《ひろば》をかけぬけた。

ハトたちがいる。地上《ちじょう》に降《お》りて、エサをついばんでいる。そのまん中《なか》を、まっすぐにつっ切《き》った。ハトたちがあわててまい上《あ》がる。砂《すな》ぼこりをまき上《あ》げて。

ふん水《すい》。小《しょう》べんこぞう。もう終《お》わりかけている、サルビアの花《か》だん。

うららちゃんは、なんと、いつの間《ま》にかそんな公園《こうえん》を上《うえ》から見《み》おろしているんだ。

――わたし、空《そら》、飛《と》んでるっ。

ずっと先《さき》をメンドリが飛《と》んでいく。短《みじか》いつばさを、けんめいにはばたかせて。

町《まち》がすぎる。川《かわ》をこえた。山《やま》がせまる。太陽《たいよう》がまぶしい。いったい、どこまでいくんだ。

それより、どうしてわたしは、空《そら》なんかを。

飛《と》んでる？　ちがう。まるで泳《およ》いでいるみたいだ、この手足《てあし》の動《うご》かしかたは。

うららちゃんは、平泳《ひらおよ》ぎしかできない。手《て》も足《あし》も、それと同《おな》じに動《うご》かして、空《そら》を泳《およ》いでいるんだ。

雲《くも》の峰《みね》がせまっていた。メンドリは、その巨大《きょだい》なワタアメみたいな雲《くも》の中《なか》へ消《き》えた。

うららちゃんもつづいた。かまわず雲《くも》の中《なか》へつっこんでいった。

その雲《くも》をぬけると、なんだかおかしな形《かたち》のとんがりぼうしのおしろみたいなものがま下《した》にあらわれた。

メンドリはどこ？　飛《と》びながらさがした。

いたっ、あんなところに。メンドリは、そのお城《しろ》みたいなとんがり屋根《やね》のてっぺんに、ちょこんと止《と》まっているんだ。

どこかで、なにかで見《み》たようなお城《しろ》だ。でも思《おも》い出《だ》せない。でも、うららちゃんはさけんでいた。

「そうだったのっ。あなたは、そんなところから来《き》てくれてたのね！」

うららちゃんの夢《ゆめ》の話《はなし》に、ダントツはインスタントラーメンをする手《て》をとめた。

「……で、あのメンドリは、おかしな城《しろ》かなんかのてっぺんに止《と》まってたって言《い》うのかい」

「そうだよ。くらい夜空《よぞら》でね、三日月《みかづき》みたいなお月《つき》さま、見上《みあ》げてた」

「鳴《な》かなかったのかい、あいつ」

「うん、じっとしてるだけ。もう、ちっとも動《うご》かなくなってた」

ダントツは、ラーメンをテーブルの上《うえ》において、うららちゃんにむき直《なお》った。

「うらら、じつはな、おれも見《み》たんだよ。にたような夢《ゆめ》だけど、おれのはオンドリだった。

だいたいな、時《とき》の声《こえ》をあげるのはオンドリだって、むかしから決《き》まってる。だからあのメンドリがあんなふうに鳴《な》いたのは、はなっからおかしな話《はなし》だったんだがな。

城《しろ》のてっぺんにいるのは、オンドリだった。ところがそいつは、ブリキのニワトリだ。風見鶏《かざみどり》って言《い》ってな、風《かぜ》が吹《ふ》くとくるくる動《うご》く。風《かぜ》の方向《ほうこう》を知《し》らせてくれる、西《せい》洋《よう》によくある、塔《とう》のてっぺんのかざりなんだ。

おれはそいつを、ま横《よこ》から見《み》てるんだ。なんだかわからねえ、小《ちい》さな箱《はこ》みたいな中《なか》へかくれてな。それが、うららもいっしょなんだ。

はやく鳴《な》け、はやく鳴《な》いてくれ。おまえの声《こえ》で夜明《よあ》けをよんでくれって、いのってるのさ。ブリキのオンドリが鳴《な》くわけねえのに。

そいつは、ひどくさびついてるんだ。いまにも落《お》っこちそうでな、風《かぜ》が吹《ふ》くたび、くるくる回《まわ》りながら、キィキィ鳴《な》くんだよ。

その下《した》に、なんともうす気味《きみ》わりぃようかいどもがうようよしてるんだ」

うららちゃんも、ラーメンのはしをとめた。

「わたしのは、そんなこわい夢《ゆめ》じゃない。やっぱり箱《はこ》みたいな中《なか》へかくれてるけど、下《した》はパレードだよ。なんだか楽《たの》しそうな。

花火《はなび》も上《あ》がってね、笑《わら》い声《ごえ》ばかり聞《き》こえてきて」

「おかしいなあ、二人《ふたり》とも、にたような夢見《ゆめみ》てるのに。

ま、そのわけのわからねえところが、夢《ゆめ》ってやつさ。気《き》にすることはねえ」

ダントツはそう言《い》いながらも、じぶんのほうは、だいぶ気《き》にしてるみたいだった。

それをごまかすみたいに、のこりのラーメンを、ずるずる音《おと》をたててすすった。

それにしてもあのときのメンドリは、どこへ行《い》ったのだろう。うららちゃんは、あらためて、そのことが気《き》になり出《だ》していた。

「なにかあったのかもしれねえなあ、あの人《ひと》に」

「なにかって？」

「事故《じこ》か病気《びょうき》かによ。やせすぎてただろう。はなっから、体《からだ》のぐあいが悪《わる》かったってこともあるだろう」

「そうなったら、どうなるの。父《とう》ちゃん」

「どうなるって、あの百万円《ひゃくまんえん》のことか？」

「……うん」

「返《かえ》しようがねえじゃあねえか。どこのだれやらわからねえ、なぞの男《おとこ》だぞ。残《のこ》したのは、あのしかけのほかに、ほれ、このケイタイだけだ。それが、うんともすんとも鳴《な》りゃあしねえ。もしかしたら、もう……」

うららちゃんは、目《め》の前《まえ》のほこりをかぶりはじめているケイタイを手《て》にとった。

ピコッとボタンをおしてみた。ランプもつかない。

「あっ、電池《でんち》ぎれかもしれないよ。わたしも気《き》がつかなかった。だかられんらくが」

「そういやあ、一度《いちど》だったたな、充電《じゅうでん》。だけどよ、もしそうなら、ここをたずねてだって来《こ》れるぞ。役場《やくば》行《い》って、大会《たいかい》やった係《かかり》に聞《き》けばわかるはずだあな。

それもしない。あのしかけだってとりにあらわれないってことは、つまりだな」

「そうだね、やっぱりへんかな。

でも、いちおう充電《じゅうでん》してまとうよ」

ダントツはあいまいにうなづいた。

「それとな、うらら。父《とう》ちゃん、こうも考《かんが》えたんだ。あのゴッドさんはな、はじめっからわけまえなんていらなかった。

あれほどのしかけを考《かんが》え出《だ》す人《ひと》なんだ、きっとまだまだすごいのをもってる。ああして人《ひと》をおどろかしたり、楽《たの》しませたりするのが生《い》きがいの男《おとこ》。

もう一《ひと》つある。ゴッドって名前《なまえ》だ。

ゴッドってのは神《かみ》さまのことだろ。あれはほんとうは神《かみ》さま。いたずら好《ず》きの神《かみ》さまで、気《き》まぐれにおれたち父娘《おやこ》をつかって楽《たの》しんだ。それで、じゅうぶん満足《まんぞく》した。今《いま》ごろは、どこか遠《とお》い国《くに》い行《い》って、おれたちみたいな父娘《おやこ》さがして、いたずらしかけて楽《たの》しんでる。だから、あのしかけも、おれたちにくれることにしておいてった。どうだ、うらら。ちがうかなあ？」

言《い》われてみれば、そのうちの一《ひと》つかもしれない。病気《びょうき》か、いたずらか……。神《かみ》さまっていうのは少《すこ》し、いいや、だいぶ……。

うららちゃんは、にが笑《わら》いした。

「それと、もう一《ひと》つ。なあうらら。あの百万円《ひゃくまんえん》、もらっちゃったって悪《わる》くはねえって思《おも》わねえかい。だって、ゴッドは、なんにもしなかった。しかけをかしただけだろう。グランプリは、おれたちのパフォーマンスがあったからなんだ。ほかのだれかだったら、ああはいかねえ。

こう見《み》えたって、サーカスじゃあ人気者《にんきもの》のダントツさまと、その姫《ひめ》ぎみよ。なあ、そう思《おも》わねえか、うららさま」

うららちゃんは首《くび》を横《よこ》にふった。

「それはやっぱりちがうよ、父《とう》ちゃん。

あのしかけのおかげだよ、グランプリは。そんなこと考《かんが》えちゃやだめ。ゴッドさんの百万円《ひゃくまんえん》は、つかっちゃいけないよ。それと、お酒《さけ》もだめ。せっかく一度《いちど》やめたのにい」

言《い》いながら、ダントツの手《て》から、ウイスキーのびんを取《と》り上《あ》げていた。

電池《でんち》ぎれかもしれないケイタイは、いちおう充電《じゅうでん》しておいた。なんだかダントツは、気《き》のりがしないみたいだったけれど。


そして、またいく日《にち》かたった。

と、とつぜんだった。な、なんと部屋中《へやじゅう》に音楽《おんがく》が鳴《な》りひびいたのだ。それが、あのジャックと豆《まめ》の木《き》のバックミュージックになっていた曲《きょく》だ。

題《だい》は〈はげ山《やま》の一夜《いちや》〉。ムソルグスキーというロシアの作曲家《さっきょくか》の有名《ゆうめい》な曲《きょく》だった。

この曲《きょく》には、ちゃんとストーリーがあったんだ。

ま夜中《よなか》に山《やま》の中《なか》のお墓《はか》から、ようかいたちが現《あらわ》れる。そしてどんちゃんさわぎする。

やがて夜明《よあ》けちかく、一番鶏《いちばんどり》が鳴《な》く。その声《こえ》を聞《き》くとようかいたちは、われ先《さき》にと、もとの世界《せかい》へ逃《に》げかえっていく。

うららちゃんはそれを知《し》ったとき、おどろいた。学校《がっこう》で名曲鑑賞《めいきょくかんしょう》の時間《じかん》でだったけれど。あの金《きん》の卵《たまご》をうむニワトリの声《こえ》は、この音楽《おんがく》の一番鶏《いちばんどり》そのままだったのだから。

その〈はげ山《やま》の一夜《いちや》〉が鳴《な》っている。それがあのゴッドのケイタイからだと気《き》がつくまでには、いく秒《びょう》か、かかっただろう。

手《て》にとった。ゴッド・Dの顔《かお》がうつっている。といっても、いつもと同《おな》じ帽子《ぼうし》からのぞいている、やせこけた下《した》あごだけだったが。

「うららちゃんだね、ひさしぶりだ」

すぐに、返事《へんじ》ができなかった。

「お父《とう》さんは、そこにいるかね？」

ゴッド・Dのなんだか楽《たの》しそうな声《こえ》だった。

「い、いえ、いま出《で》かけてます」

「そう……。ではまた電話《でんわ》しよう。わたしから電話《でんわ》があったことだけ、つたえてくれればいい」

一方的《いっぽうてき》にしゃべって、切《き》られそうになって、うららちゃんはあわてた。

「お、おじさん。ゴッドさん」

「なにかね、うららちゃん」

「おじさん、病気《びょうき》かなにかだったんですか。

お父《とう》さん、ずっと心配《しんぱい》してたんです。なんにも、れんらくなかったものですから」

「病気《びょうき》なんかじゃなかった。仕事《しごと》が大《おお》いそがしでね。飛《と》び回《まわ》っていたんだよ、それこそ、世界中《せかいじゅう》をね」

「それならよかったです。でも、いろいろお返《かえ》しするものあって、父《とう》さんこまってて」

「それはもう心配《しんぱい》しなくていい。電話《でんわ》でもう話《はなし》はついている。父《とう》さんは、約束《やくそく》どおりしてくれるだろう」

うららちゃんは、ほっとした。そうだったんだ、いったい、いつ……。

だけど父《とう》ちゃんは、今朝《けさ》になっても、そのことは一言《ひとこと》だって言《い》わなかった。それどころか、朝《あさ》、まるでたたきおこされるように、いきなりのひっこし。父《とう》ちゃんはそうしようとしているのだ。

急《きゅう》に心《しん》ぞうがはやくなった。

「ではまたね、うららちゃん。

そうそう、きみは、なかなかの名演技《めいえんぎ》だった。すばらしい才能《さいのう》だ。やはり血《ち》はあらそえないものだ。

お母《かあ》さんの空中《くうちゅう》ブランコ。父《とう》さんはクラウン。二人《ふたり》の才能《さいのう》をもらって生《う》まれたんだね。人《ひと》を楽《たの》しませるために生《う》まれてきたような子《こ》だ。きっとすばらしいパフォーマーの人生《じんせい》がまっているだろう。お父《とう》さんの分《ぶん》までね。

では……」

ケイタイの画像《がぞう》がすうっとうすくなって、切《き》れた。それと同時《どうじ》だった。

「うらら、下《お》りてこい！したくすんだか」

窓《まど》からのぞいた。小型《こがた》トラックの運転席《うんてんせき》から、ダントツが首《くび》をつき出《だ》していた。ひっこし用《よう》に、トラックを借《か》りてきたんだ。しかもその荷台《にだい》はもう、山《やま》のようにふくらんでいた。青《あお》いビニールシートが、ロープでぐるぐるまきにされていた。

ダントツの運転《うんてん》は、ずいぶんらんぼうだった。いくども信号《しんごう》むしぎりぎりで交差点《こうさてん》をつっきっていた。

レンタルのトラックは、町《まち》をぬけ、国道《こくどう》らしい広《ひろ》い道路《どうろ》へ出《で》た。昼《ひる》をすぎ、クリスマスイブの太陽《たいよう》は、もう西《にし》へかたむき出《だ》していた。

「父《とう》ちゃん、ゴッドさんから電話《でんわ》あったんだってね。いいの？　きゅうにひっこしなんかしちゃってさ」

うららちゃんは、気《き》になっていたことを、ようやく言《い》えた。

「ま、またあったのか、電話《でんわ》。で、なんて言《い》ってた、あの男《おとこ》」

「また電話《でんわ》するって。

でも、よかったね。これでようやく、約束《やくそく》はたせるよね？」

うららちゃんは、ダントツの横顔《よこがお》をぬすみ見《み》するみたいに見《み》た。

「それが、そうじゃねえんだよ、うらら。

あいつ、今《いま》ごろんなって、とんでもねえこと言《い》い出《だ》したんだ。二百万円《ひゃくまんえん》、みんなよこせって。

おれたちの取《と》り分《ぶん》は投《な》げ銭《せん》だけで十分《じゅうぶん》だって言《い》いやがったんだ。

こうなりゃあ、こっちもいじよ。なんだいさんざん待《ま》たせやがって、今《いま》さらよお」

だからなんだ、きゅうなひっこし！　にげるんだ、ゴッドさんから！

うららちゃんはもう、心《しん》ぞうがへんになりそうになっていた。

「信《しん》じられないよ、そんな人《ひと》だなんて。

今《いま》だって、わたしのことほめてくれたんだよ、すごいパフォーマーになれるだろうって。父《とう》ちゃんのことも母《かあ》ちゃんのことも、ほめてくれたんだよ」

「じゃあ、なにかい、うらら。おめえ、おれがうそついてるってでも言《い》うのかよ。

父《とう》ちゃんより、あんなやつのほう、信《しん》じるって言《い》うのかい。あんな、うす気味《きみ》わるい死神《しにがみ》みたいなやつのほうをよっ」

「そんなことまで言《い》ってない」

信号《しんごう》がまだ赤《あか》だった。ダントツはもう、とび出《だ》していた。黄色《きいろ》い信号《しんごう》でつっきってきたトラックと、あやうくぶつかりそうになって、うららちゃんは、かたく目《め》をつぶった。

キキィというブレーキの音《おと》が、耳《みみ》をつんざいていた。

ダントツは、さすがに次《つぎ》の信号《しんごう》はちゃんとまもった。その信号待《しんごうま》ちのときだった。

「うらら、これを見《み》ろ」

なんだかむちゃくちゃにつめこんである古《ふる》カバンからとり出《だ》したのは、茶色《ちゃいろ》い大型《おおがた》の封筒《ふうとう》だったんだ。

六、ファンタジーランドがよんでいる

大型封筒《おおがたふうとう》からとり出《だ》した書類《しょるい》にはまだ読《よ》めない字《じ》がいくつもあるけれど、だいたいなんのことなのか読《よ》みとれた。

「読《よ》めるか？」

うららちゃんの顔《かお》がかがやいた。

「すごいじゃない、父《とう》ちゃん。ファンタジーランドで、つかってくれるんだって！」

「なっ、人生《じんせい》、悪《わる》いことばかりじゃねえ。急《きゅう》に、このおれさまにも運《うん》が向《む》いてきたってわけだ。ま、わかりやすく言《い》えば、そういうことさ。

手紙《てがみ》くれたのは〝ファンタジーランド〟の支配人《しはいにん》。あの〝ジャックと豆《まめ》の木《き》〟のことで父《とう》ちゃんに会《あ》いたいって言《い》ってるんだ。

ほんとうに自分《じぶん》の目《め》で見《み》てるわけじゃあねえらしいが、なにしろグランプリだろ。テレビや新聞《しんぶん》で知《し》ってるんだろうよ」

それならすごい！

うららちゃんも知《し》っている。ファンタジーランドのことは。一度《いちど》でいいから行《い》ってみたかった。

世界中《せかいじゅう》のファンタジーから生《う》まれたキャラクターたちが、せいぞろいしている。パレードや乗《の》り物《もの》が、お客《きゃく》たちをむかえる。

白雪姫《しらゆきひめ》がいて、小人《こびと》たちがいる。ピーターパンと海賊《かいぞく》がいる。赤頭巾《あかずきん》ちゃんがいて、オオカミも猟師《りょうし》もいる。ブレーメンの音楽隊《おんがくたい》が楽《たの》しいマーチをかなでながら広場《ひろば》を行進《こうしん》する。

そして、数《かず》かずの乗《の》り物《もの》、お菓子《かし》の家《いえ》、夜《よる》は花火《はなび》！

ディズニーランドができるまでは、大人気《だいにんき》の遊園地《ゆうえんち》だった。

だけど……。

うららちゃんは、まゆをくもらせた。

あそこで、ジャックと豆《まめ》の木《き》をやるとなると、あのしかけがいる。あれは、父《とう》ちゃんのものじゃない。

もう、うすうす感《かん》づいている。父《とう》ちゃんはトラックの荷台《にだい》に、あれを？

ひっこしなら、冷蔵庫《れいぞうこ》だって洗濯機《せんたくき》だってテレビだって。みんなアパートへ置《お》きっぱなしにして、あのビニールシートの中《なか》には⁉

おまけにゴッドさんとの話《はな》し合《あ》いは、けつれつ。約束《やくそく》を破《やぶ》ったのがむこうなら、悪《わる》いのは、ゴッドさんのほうだけれど……。

でも賞金《しょうきん》はみんな持《も》ち逃《に》げ。あのしかけもとなったら、これは父《とう》ちゃんのほうだって。わるいのは五分五分《ごぶごぶ》くらいになるだろう。

うららちゃんは思《おも》う。

ファンタジーランドでジャックと豆《まめ》の木《き》をやる。そんなことしたら、たちまち知《し》れわたる。そうなったらいま逃《に》げたって……。

ゴッド・Dが追《お》ってくるのは時間《じかん》の問題《もんだい》のはずだ。そんなことさえわからないなんて、父《とう》ちゃんは。

お酒《さけ》のせいなんだ、きっと。頭《あたま》の中《なか》にはのうみそのかわりに、きっとウイスキーなんかが、たぷたぷしてるんだ。そう、うたがってしまいたくなる。

「手紙《てがみ》、いつ来《き》たの、父《とう》ちゃん」

「それが、きのうなんだ。同《おな》じ日《ひ》に、あいつからの電話《でんわ》だ。言《い》っちまえばこいつはもう運命《うんめい》みてえなもんよ。はじめっから、こうしろって決《き》められてるような気《き》がしねえかい、なあ、うらら」

へんじができなかった。そう言《い》われてみると、なんだかそんな気《き》もしてくる。

ゴッド・Dとの出会《であ》い。つぎつぎと幸運《こううん》にめぐまれて、ついにグランプリ。ゴッドの行方不明《ゆくえふめい》。むこうのうらぎり。それをまっていたみたいな、ファンタジーランドのさそい。

「なあ、うらら、べんりなものができたもんだなあ。カーナビなんて。見《み》ろよ、まるで神《かみ》さまかなんかが、おいでおいでしてるみたいだ。おまえの行《い》きたいところはこっちだぞって」

ダントツは、国道《こくどう》を走《はし》りつづけて、信号《しんごう》を左《ひだり》へ曲《ま》がりながら言《い》った。

画面《がめん》が、くるりと九〇度《ど》まわった。もちろんその少《すこ》し前《まえ》に

『つぎの信号《しんごう》、左《ひだり》へ曲《ま》がります』

と、女《おんな》の人《ひと》の声《こえ》が案内《あんない》してくれていた。

ダントツは、このレンタカーを借《か》りるとき、ファンタジーランドへ、セットしてもらってきているんだと言《い》った。

——それでなくちゃあ。

いまのダントツの頭《あたま》では、とうてい行《い》き先《さき》をセットなんかできなかっただろう。もちろんうららちゃんも、カーナビなんて見《み》るのも初《はじ》めてだったけれど。

道《みち》は町《まち》なみをぬけながら、だんだんと坂道《さかみち》になった。どうやら北《きた》へ北《きた》へとむかって行《い》くらしい。

畑《はたけ》と森《もり》ばかりになってきた。いくどか谷川《たにがわ》をわたった。道《みち》はいきなり工事中《こうじちゅう》で行《い》き止《ど》まりになったりした。

「父《とう》ちゃん、ここ、さっきもとおったよっ」

うららちゃんには、はっきりと見《み》おぼえがあった。おかしい。きゅうに不安《ふあん》にかられた。

「そうか、やっぱり。

だけど、どうなっちまったんだよ、カーナビのやつ、あれっきり、一度《いちど》もしゃべっちゃくれなくなっちまってるぞっ」

ダントツは、いきなり、カーナビを左手《ひだりて》でたたいた。かなり、らんぼうにだ。

『まもなく海《うみ》です。そのまま、まっすぐに海《うみ》へおはいりください』

いきなりの声《こえ》だった。

ダントツが急《きゅう》ブレーキをふんでいた。

海《うみ》？　うららちゃんは窓《まど》の外《そと》を見《み》た。たしかに遠《とお》くに海《うみ》が光《ひか》っている。もうすぐ日《ひ》が沈《しず》むのだ。赤《あか》くそまった海《うみ》がまぶしいくらいだ。でも、そこははるか遠《とお》くて、ここはかなり高原《こうげん》と言《い》っていいあたりだ。

「な、なに言《い》ってやがんだよう、このやろう！」

ダントツは、またカーナビをたたいた。さっきより強《つよ》くだ。

『ファンタジーランドですね？　二十万《まん》キロメートル東《ひがし》です。成田空港《なりたくうこう》へのご案内《あんない》に切《き》りかえます』

「切《き》っちまえ、切《き》っちまえ、うらら。スイッチはどれだっ」

うららちゃんは右手《みぎて》をのばした。二《ふた》つ三《みっ》つ手当《てあ》たりしだいにおすと、画面《がめん》が消《き》えた。

林《はやし》。橋《はし》。なんにも植《う》わってないけれど、きれいにたがやされた畑《はたけ》。また林《はやし》。

広《ひろ》い大根畑《だいこんばたけ》があらわれた。農道《のうどう》から、耕運機《こううんき》が出《で》てくる。荷台《にだい》いっぱいに、みごとにふとった大根《だいこん》が高《たか》くつまれていた。緑《みどり》の葉《は》っぱをいっぱいにつけて。

「聞《き》いてみようよ、父《とう》ちゃん」

うららちゃんが指《ゆび》さして、さけんだ。

「そりゃ、あんた、来《き》すぎましたよ。

ここをもどって、そうよねえ、十分《じっぷん》ばかり走《はし》ると広《ひろ》い道《みち》へ出《で》るから、そこを……」

日《ひ》よけつきの麦《むぎ》わらぼうをふかくかぶったおばさんが、親切《しんせつ》に教《おし》えてくれた。顔《かお》は見《み》えなかった。なんだか、日《ひ》にやけすぎた、とがったあごだけが見《み》えていた。

でもその後《あと》だった。おばさんが気《き》になることをつぶやいたのは。

「だけど、あそこはもう、だれもいないはずだよ。とっくにつぶれちゃったはずなんだけどねえ。

乗《の》り物《もの》は、ひとつも動《うご》かないし、あちこちの窓《まど》ガラスは割《わ》れちゃってるし……。

今《いま》じゃみんな、ファンタジーランドなんてよんじゃいないよ。〝ゴーストランド〟ってよんでるそうだよ。なにしに行《い》くのかね、あんたたち。そんなところへ」

ダントツはおこったみたいに言《い》った。

「そんな、わりいじょうだんやめてくれよ、おばさん。おれたちゃ、ちゃんと招待《しょうたい》されて行《い》くんだ。

とにかく、ありがとうよ」

エンジンが、ヴロロと鳴《な》った。

うららちゃんはふりかえった。

いまの顔《かお》、いいや、いまのあご、どこかで見《み》たような？　そんな気《き》がした時《とき》だった。

『ご案内《あんない》をさいかいします。道《みち》なりに走《はし》ってください』

カーナビが、いきなり鳴《な》りまたしゃべった。

「また、ちゃんと出《で》てるよ、父《ちち》ちゃん。行《い》く先《さき》〝ファンタジーランド〟って」

画面《がめん》を見《み》つめて、うららちゃんは言《い》った。

「ちっ、おどかしやがって」

ダントツは、したうちした。でもその横顔《よこがお》がほっとしたのが、うららちゃんにもわかった。

急《きゅう》にあたりが暗《くら》くなった。遠《とお》い海《うみ》に、日《ひ》が沈《しず》んだのだ。今《いま》まで気《き》がつかなかったけれど、すごい夕焼《ゆうや》けだ。西《にし》の空《そら》は、赤《あか》い雲《くも》にどこまでもおおわれている。

「気味《きみ》わりぃなあ。夕焼《ゆうや》けも、あそこまであけえと……。まるで空《そら》が、血《ち》の涙《なみだ》ながして泣《な》いてるみてえだ」

ダントツが、その西《にし》の空《そら》にむかって走《はし》りつづけながら、ぽつんとつぶやいた。

「父《とう》ちゃん、あれなに？」

うららちゃんは、はるか西《にし》の山《やま》のふもとを指《ゆび》さした。

明《あ》かりだ。それも小《ちい》さな明《あ》かりが無数《むすう》にまたたいている。巨大《きょだい》なイルミネーションにちがいない。それが、ぐんぐん近《ちか》くなってくる。

「クリスマスツリーみたい。父《とう》ちゃん、あそこが、ファンタジーランドだよお」

「ありがてえ、ようやく着《つ》いたんだ」

ダントツが、大《おお》きく口《くち》をあけて笑《わら》った。

きゅうに広《ひろ》い道路《どうろ》へ出《で》た。そして駐車場《ちゅうしゃじょう》だ。なん百台《びゃくだい》も止《と》まれそうな、広《ひろ》い広《ひろ》い駐《ちゅう》車場《しゃじょう》だ。でも、なぜだろう、軽自動車一台《けいじどうしゃいちだい》とまっていない。

——休《やす》み？　クリスマスイブなのに。

うららちゃんは、きゅうに不安《ふあん》になった。

もし、休《やす》みだとするとそれもおかしい。ファンタジーランドは光《ひかり》かがやきながら目《め》の前《まえ》に広《ひろ》がっていた。ファンタジー城《じょう》がライトアップされている。

とんがったファンタジー城《じょう》のてっぺんに、風見鶏《かざみどり》がいる。ダントツが、さけんだ。

「あ、あいつだ、うらら。夢《ゆめ》ん中《なか》の風見鶏《かざみどり》は」

「わたしも思《おも》い出《だ》したよ、父《とう》ちゃん。夢《ゆめ》の中《なか》のメンドリ、あそこにいたんだよっ」

二人《ふたり》は、顔《かお》を見合《みあ》わせた。

でも夢《ゆめ》は、ダントツのほうのがあっていた。風見鶏《かざみどり》は、あのメンドリじゃなかった。どう見《み》てもブリキで作《つく》られたオンドリだった。

「それにしても、すげえなあ。さすがファンタジーランドよっ。あの、うそつきばばあめ。

行《い》くぞ、うらら。おれたちゃ、こんなすごいところへ、招待《しょうたい》されてるんだ」

ダントツは、アーチ型《がた》のゲートへトラックをつっこむみたいにして止《と》まった。

チケット売《う》り場《ば》はしまっていた。どこを見《み》わたしても人《ひと》がいない。

入《い》り口《ぐち》のすぐ先《さき》は広場《ひろば》だ。そこに、あの遠《とお》くから見《み》えたイルミネーションのクリスマスツリーがすごい高《たか》さでつっ立《た》っている。

「だれもいねえって言《い》うのかよお。こんなにどはでなランドによお。客《きゃく》もかかりも……。やっぱり、少《すこ》しへんじゃねえのか？

だれか、いねえんですかい？　おれたちゃ支配人《しはいにん》さんによばれて」

ダントツは中《なか》へむかって、大《おお》声《ごえ》を出《だ》した。

こたえはない。

「とにかく、入《はい》ってみようか、うらら」

ゲートは、ひらいたままだった。ダントツにくっついて、うららちゃんもそこを通《とお》りぬけた。

ツリーに近《ちか》づいた。見上《みあ》げながら、通《とお》りすぎようとした。だれか立《た》っている。ぎょっとして足《あし》をとめた。

「メリークリスマス！

ようこそ、ファンタジーランドへ」

サンタクロースだ。あの、おなじみの、まっ赤《か》な服《ふく》。そして、白《しろ》いひげ。つきでたおなかの大男《おおおとこ》。

もちろん中《なか》には、人《ひと》が入《はい》っての変装《へんそう》にちがいない。でも、背中《せなか》には、あの大《おお》きな白《しろ》い袋《ふくろ》はしょっていなかった。

と、いきなり、あのケイタイが鳴《な》った。

「う、うらら、おめえ、あのケイタイを⁉」

そうだった。うららちゃんは、ポシェットの中《なか》に、放《ほう》り込《こ》んでいたのだ。おさいふといっしょに。出《で》がけに大《おお》あわてで。

あわててポシェットを開《ひら》いた。

「うららちゃん、お父《とう》さんと話《はな》したい。かわってくれないかね？」

「は、はいっ」

うららちゃんは、おそろしいものを放《ほう》り出《だ》すみたいに、ケイタイをダントツに手《て》わたそうとした。

ダントツは、いやいやをするみたいに首《くび》をふり、後《あと》ずさりした。

「そうか、わたしとはもう、話《はな》すのさえいやなんだね。というより、おそろしいのだろうね。このわたしを、うらぎったりするからだ。では、いい。そのまま聞《き》くといい」

うららちゃんは、ケイタイを、うでの長《なが》さいっぱいにつき出《だ》しながら、動《うご》けなくなった。

ケイタイの音量《おんりょう》が、大《おお》きくなった。

「こうなることは、はじめからわかっていた。わかってはいたが、一度《いちど》だけチャンスをやってみたかったのだが……。

おまえはやっぱり、どうしようもない人間《にんげん》だった。うそつきで、むせきにんで、よっぱらいで。人《ひと》をこまらせるだけの人生《じんせい》だった。

おまえにはもったいないほどの奥《おく》さんとめぐりあい、かわいい娘《むすめ》にもめぐまれた。

それなのに……。

こんどのグランプリ。こんな幸運《こううん》の後《あと》だ、もしかしたらとわたしは期待《きたい》した。ほんのかすかだがね。

しかし、やっぱりおまえはおまえだった。

わたしは、じつは、いちおう神《かみ》とよばれている存在《そんざい》だ。ま、神《かみ》にもいろいろあってね、その名《な》を聞《き》くだけでふるえあがる神《かみ》もあって、わたしもその一人《ひとり》なのだが」

ダントツはぶるぶるとふるえた。三歩《ぽ》か四歩《ほ》、後《あと》ずさりした。

「わたしらは、おまえみたいな者《もの》には、ばつをあたえる。人《ひと》を悲《かな》しませたり苦《くる》しませたりするだけ。だれの役《やく》にも立《た》たない、いてもどうしようもないおろか者《もの》にだ。

おまえは、わたしにえらばれた。もう、運命《うんめい》からは逃《のが》れられない。

だがね、かんたんに仕事《しごと》にしてしまってはおもしろくない。ゲームを楽《たの》しもうじゃあないか。おまえが勝《か》てたら、もう一度《いちど》、生《い》きるチャンスを約束《やくそく》しよう。そう考《かんが》えて、ここへ、ご招待《しょうたい》したというわけだ」

「じゃ、じゃあ、あの支配人《しはいにん》の手紙《てがみ》ってのは⁉　ここはもうつぶれちまって、ゴーストランドになっちまってるってのは？」

ダントツの声《こえ》が、きょうふでふるえていた。

「そのとおり。気《き》がつかなかったようだね。ついさっき、そう言《い》ったばかりだ。うららちゃんのほうは、気《き》づきかけたようだったが。

おまえはここへ来《く》る前《まえ》に、じぶんのうんめいをまだかえられたはずだった。今《いま》だって、もし気《き》がつけばひきかえせたかもしれないのに」

やっぱり！　さっきのおばさんはっ。うららちゃんは、ぶるっとふるえた。

「ここは、おまえのさいごにふさわしい場所《ばしょ》だとは思《おも》わないかな。

ここは、こうなるまえは笑《わら》いにあふれていた。夢《ゆめ》にみちみちていた。人《ひと》を楽《たの》しませるため、世界中《せかいじゅう》から、物語《ものがたり》の主人公《しゅじんこう》たちが集《あつ》められていた。だが、気《き》のどくに……。

とうさんしかかっているこんなテーマパークは、ほかにもあってね。

それはともかくだ。おまえの一生《いっしょう》に、もしいばれることが一《ひと》つあるとしたなら、それは笑《わら》いをふりまいたことだろう。

だから、せめてさいごに、おまえへのプレゼントだ。いま一度《いちど》、ここを夢《ゆめ》と笑《わら》いのあふれる夜《よる》にもどそう。

わたしはね、仲間《なかま》うちでは、こう呼《よ》ばれているんだよ。〝なさけの死神《しにがみ》〟と。

死神《しにがみ》にとっては、名誉《めいよ》なあだ名《な》じゃあない。ときどき仕事《しごと》をしくじってね。

わたしらをたばねる、おえらいさんからはにらまれていてね。だから、いつまでも、したっぱの死神《しにがみ》のままなのだが」

――死神《しにがみ》！　うららちゃんは、体《からだ》がこおったみたいになっていた。

ケイタイなんか、放《ほう》り投《な》げたかった。だのに、指一本動《ゆびいっぽんうご》かせなかった。

「あれを見《み》なさい。あのファンタジー城《じょう》のてっぺんの風見鶏《かざみどり》を。

ダントツ、おまえ、夢《ゆめ》の中《なか》であっているね。あれをメンドリにして飛《と》ばしたのはわたしだ。うららちゃんの見《み》たのも、正体《しょうたい》はあれだ。

夜明《よあ》けに一度《いちど》だけ鳴《な》く。このゴーストランド中《じゅう》に聞《き》こえる声《こえ》でね。

あの声《こえ》が聞《き》こえるまで、わたしにつかまらなければ、おまえの勝《か》ちだ。ま、いままでにもにたようなゲームはいくどもあった。だが、わたしの手《て》から逃《に》げおおせたものは、ただの一人《ひとり》もいない。

さあ、すきに逃《に》げなさい。三分《さんぷん》だけ待《ま》ってわたしも動《うご》き出《だ》すからね。

うららちゃんはすきにしなさい。これはわたしとダントツだけのゲームなのだからね」

ぱちんと、すごい音《おと》が鳴《な》りひびいた。二人《ふたり》は目《め》のくらむ明《あか》るさの中《なか》につっ立《た》っていた。

いままで明《あ》かりがついていたのは、ファンタジーランドのライトアップとクリスマスツリーのイルミネーションだけだった。それがなんという明《あか》るさだ。ランド中《じゅう》が、まひるみたいになっていた。そう、ファンタジーランドが、よみがえったのだ。

メリーゴーランドが回《まわ》る。コーヒーカップも。巨大《きょだい》な観覧車《かんらんしゃ》が夜空《よぞら》にまるいひをともした。

おみやげ屋《や》、食《た》べもの屋《や》。イベントハウスのネオンが輝《かがや》く。音楽《おんがく》が鳴《な》る。

でもいない。人《ひと》は一人《ひとり》もいないんだ。

「さあ、ゲームのはじまりだ！」

うららちゃんを、一度《いちど》だけふりかえってダ

ントツがかけ出《だ》した。

「うらら、ついてくるんじゃねえ！」

「父《とう》ちゃん！」

うららちゃんは、さけんでいた。

あの、二人《ふたり》を出《で》むかえたみたいなサンタクロースが、ぐぐぐっと動《うご》いた。動《うご》いて、ダントツの逃《に》げたファンタジー城《じょう》のほうへむきをかえた。

七、クリスマスイブのストーカー

「父《とう》ちゃん、ど、こ、に、い、る、の？」

うららちゃんは、声《こえ》をひそめた。

この館《やかた》の中《なか》は、もとから、うすぐらくつくられている。足《あし》もとが、ようやく見《み》えるくらいにだった。それもそのはず、わざと古《ふる》めかしく、かたむきかけた館《やかた》の入《い》り口《ぐち》には〈世界《せかい》のゴーストハウス〉なんて看板《かんばん》がついていた。

ダントツが、ここへ逃《に》げ込《こ》んだのを、うららちゃんは見《み》ている。

壁《かべ》の絵《え》が、不気味《ぶきみ》に動《うご》いて見《み》える。うららちゃんの歩《ある》きに合《あ》わせて。光《ひかり》の角度《かくど》でそう見《み》えるようにつくられているらしい。

ごうもんにかけられている男《おとこ》の顔《かお》、女《おんな》の顔《かお》。首切《くびき》りの大《おお》おのをふり上《あ》げている、坊《ぼう》主頭《ずあたま》の大男《おおおとこ》。その足《あし》もとに、くさりにつながれて、恐怖《きょうふ》にひきつっている顔《かお》の男《おとこ》。

壁《かべ》のうら側《がわ》から、ひっきりなしに聞《き》こえてくる悲鳴《ひめい》、叫《さけ》び、うめき声《ごえ》。

曲《ま》がり角《かど》で、いきなりがいこつの全身《ぜんしん》がおどり出《で》た。骨《ほね》が、がしゃがしゃ鳴《な》った。

次《つぎ》の角《かど》では、黒《くろ》マントの後《うし》ろ姿《すがた》。それがいきなりふりかえった。

口《くち》をかあっとひらいた。きばがのぞく。ドラキュラだ。

すいっと、なにかが飛《と》んだ。どうやら、本物《ほんもの》のコウモリらしかった。

次《つぎ》の角《かど》で、なにかがほっぺたにさわった。人《ひと》のかみの毛《け》？

「いやあ」

うららちゃんは、こんどこそ悲鳴《ひめい》をあげた。

さかさづりの生首《なまくび》だ。それが目《め》の前《まえ》をとんだのだ。でもうららちゃんは、こしをぬかしたりしなかった。

これはみんな、機械《きかい》じかけなんだ。人形《にんぎょう》なんだ。うまく作《つく》ってあってかなりこわいけど。そうきめて、半分目《はんぶんめ》をつぶって館《やかた》の中《なか》をつっ走《ぱし》った。

父《とう》ちゃんは、もうこの中《なか》にはいない。かくれるにしたって、こんなところ、まっぴらにちがいない。

父《とう》ちゃんをさがそう。そして、たのむんだ。あの死神《しにがみ》に。

父《とう》ちゃんは死神《しにがみ》が言《い》っているほど悪《わる》い人間《にんげん》じゃない。お酒《さけ》のことは、がまんできない病気《びょうき》で。だから約束《やくそく》するんだ。わたしが、きっと治《なお》しますからって。

賞金《しょうきん》のことは、どちらかが、うそをついているらしい。でも、それがたとえ父《とう》ちゃんのほうだとしても、あやまってたのむしかない。

ゴーストハウスの出口《でぐち》は、重《おも》たい鉄《てつ》とびらだった。とびらの前《まえ》に、ガイコツの番兵《ばんぺい》が二人《ふたり》立《た》っていた。しゃれこうべの頭《あたま》に西洋《せいよう》のかぶととよろい。手《て》にはやりをもっている。

機械《きかい》じかけのやりが、ぎぎぎいと動《うご》くより早《はや》く、うららちゃんは番兵《ばんぺい》に、とびけりをくらわしていた。

「どいてよっ。じゃまさせないわよ！」

どたんとたおれた番兵《ばんぺい》をとびこえて、鉄《てつ》とびらに体当《たいあ》たり。外《そと》へとび出《だ》していた。

おみやげ屋《や》が続《つづ》く。キャラクターグッズが山《やま》のようにつみ上《あ》げられている。

食《た》べものスタンド。ファストフードのいいにおいがただよっている。フライドチキン。フランクフルト。ソフトクリーム。

でも、お客《きゃく》は一人《ひとり》もいない。それどころか、店員《てんいん》も、どの店《みせ》にもいない。それでも明《あ》かりだけはこうこうと照《て》って、音楽《おんがく》も鳴《な》っている。

うららちゃんは、その前《まえ》をかけぬけた。

無人《むじん》のメリーゴーランドが、回《まわ》っている。コーヒーカップもくるくると。もちろんダントツは、そんなのには乗《の》ってはいなかった。

にぎやかな明《あ》かりが遠《とお》くなった。

父《とう》ちゃんは、こっちへむかって逃《に》げている。それは、うららちゃんのカンだった。だってそうだろう。かくれるにも逃《に》げるにも、暗《くら》いほうがいいにきまっているはずだ。

うららちゃんのカンは当《あ》たっていた。くらい丘《おか》のふもとに、ちらりと人影《ひとかげ》が見《み》えたのだ。

川《かわ》に出《で》た。流《なが》れはなくて、川《かわ》というより細長《ほそなが》い池《いけ》、というかんじだ。川岸《かわぎし》に丸太《まるた》を組《く》み合《あ》わせた看板《かんばん》がある。

〈ミシシッピ川《がわ》〉

イカダが浮《う》かべてある。川《かわ》の上《うえ》にロープがはってある。イカダの一《ひと》つが、そのむこう岸《ぎし》でゆれているのがわかった。

月《つき》がのぼっていた。半分《はんぶん》くらいに欠《か》けた月《つき》だ。月《つき》の明《あ》かりに、波《なみ》が光《ひか》ってゆれていた。そう、ダントツはたった今《いま》、むこう岸《ぎし》へ渡《わた》って、森《もり》へ逃《に》げこんだにちがいない。

船《ふね》つき場《ば》、いいやイカダつき場《ば》へかけつけた。ロープをたぐってむこう岸《ぎし》へ行《い》けるんだ。だれかいる。うすぐらい川岸《かわぎし》に、ぬうっと立《た》っている。サンタクロース？　そうだ。あの入《い》り口《ぐち》で、ただ一人《ひとり》うららちゃんとダントツを出《で》むかえたサンタだ。

「ようこそ、トム・ソーヤの国《くに》へ。

でもね、トムはもういないんだ。

ここがこんなになってしまったからね。友《とも》だちのハックルベリーももう、ね」

サンタは、うららちゃんをはるか上《うえ》から見下《みお》ろしながら言《い》った。

「渡《わた》りたいのかな、むこう岸《ぎし》へ。たった今《いま》、一人渡《ひとりわた》ったところだよ」

うららちゃんは、うんうんと、あごだけで返事《へんじ》した。

わけがわからなかった。ファンタジーランドはもう、こんなになっている。だのに、どうして一人《ひとり》だけ、まるで案内役《あんないやく》みたいなサンタが？

イカダがむこう岸《ぎし》からかえってくる。サンタがロープをひっぱっているんだ。

「さあ、乗《の》りなさい。わたしが動《うご》かしてあげよう」

うららちゃんは言《い》われるままに、イカダに跳《と》び乗《の》っていた。

「むこう岸《ぎし》はね、カンザス州《しゅう》。知《し》っているかな。〈オズの魔法使《まほうつか》い〉の国《くに》だ。

でも、ドロシーはもういない。よわむしのライオンも、カカシも、木《き》こりもね。

ここがこんなになってしまったからね。

でも、おもしろい乗《の》り物《もの》がまだ動《うご》く。楽《たの》しいよ、ぜひ、乗《の》ってみるといい」

サンタがロープをひきはじめた。

イカダが水《みず》の上《うえ》をすべりだした。うららちゃんは、ふりかえった。なぜなんだろう。一言《ひとこと》のお礼《れい》も言《い》えないでいた。

〈ミシシッピ川《がわ》〉を渡《わた》ると林《はやし》だった。

林《はやし》の入《い》り口《ぐち》に、フィールドアスレチックスの丸太《まるた》がいくつか組《く》んであった。中《なか》の一《ひと》つが〈オズの国行《くにゆ》き、たつまき乗《の》り場《ば》〉。

あのあやしいサンタの言《い》ってたのは、これだろう。でも、それらしい乗《の》り物《もの》はない。と、いまはすっかり葉《は》を落《お》としているカラマツの林《はやし》の中《なか》から、じょうぶそうな布袋《ぬのぶくろ》が、音《おと》もなくやってきた。高《たか》い木組《きぐ》みタワーから、ワイヤロープが林《はやし》の上《うえ》へと続《つづ》いている。どうやら、一人乗《ひとりの》りのカプセルらしい。

——父《とう》ちゃん、これにのって林《はやし》の中《なか》へ逃《に》げこんだんだっ。

うららちゃんは、そうかくしんした。

はしごをのぼり、台《だい》の上《うえ》から、バケツみたいに上《うえ》のひらいた布袋《ぬのぶくろ》に乗《の》りこんだ。

動《うご》き出《だ》した。それが、かなりのスピードで林《はやし》の上空《じょうくう》をつっぱしりながら、ぐるぐるぐるぐる回《まわ》るんだ。もう、目《め》もあけていられないくらいに。

うららちゃんは思《おも》い出《だ》していた。これは〈オズの魔法使《まほうつか》い〉の国《くに》へ行《い》ったときのドロシーなんだ。家《いえ》ごとたつまきにすい上《あ》げられてしまった、空《そら》の旅《たび》のつもりなんだ。

足《あし》もとに、カラマツのてっぺんが飛《と》びすぎていく。まるで、針《はり》の山《やま》みたいだ。

終点《しゅうてん》。袋《ふくろ》から出《で》たとき、体《からだ》がぐらぐら、しばらくは、しっかり歩《ある》けさえしなかった。

林《はやし》の中《なか》に、なにかいる。ぼわあと白《しろ》いなにかが、やみの中《なか》に広《ひろ》がった。みみゅうなんて聞《き》こえる声《こえ》で、なにかが鳴《な》いた。

うららちゃんは、あわてて身《み》をひくくした。

——馬《うま》？

馬《うま》なら、サーカスで友《とも》だちみたいなものだった。でも、くらやみをすかして見《み》るかぎり馬《うま》とはちがうみたいだ。

——角《つの》？　そう角《つの》だわ。それならシカかもしれない。

カランカランと、かろやかな音《おと》がした。

——トナカイ！　トナカイなんだ。

たしかにそうだ。後《うし》ろに、ソリみたいなものを引《ひ》いている。うららちゃんを待《ま》ってでもいたみたいに、また首《くび》の鈴《すず》を鳴《な》らした。

「うらら、こっちだっ」

ダントツの声《こえ》がした。トナカイをはさむみたいに、ダントツがやみの中《なか》でのっそりと立《た》ち上《あ》がった。

「父《とう》ちゃん！」

うららちゃんは、ダントツにむかってかけ出《だ》していた。

「どうする、うらら。ここまでは父《とう》ちゃん、うまく逃《に》げてきた。もうかれこれ一時間《じかん》くらいはたってるだろう。

運《うん》がいいみたいだ。逃《に》げる先《さき》ざきに乗《の》りものが待《ま》ってくれてるみたいだ。

このトナカイも、たぶん、父《とう》ちゃんの味方《みかた》だろう。こいつに乗《の》って、とにかく、このゴーストランドからはなれるんだ。

夜明《よあ》けまで、あの風見鶏《かざみどり》が鳴《な》くまで、あの死神《しにがみ》やろうにつかまるわけにゃいかねえ。

乗《の》れ！」

ダントツは、うららちゃんの両《りょう》うでをつかんだ。

だって、ソリだ。雪《ゆき》がなくちゃ走《はし》れない。そう言《い》おうとした。

ところが、ソリは走《はし》り出《だ》していたんだ。

「思《おも》ったとおりよ。カラマツの林《はやし》だからよ。見《み》な、うらら。油《あぶら》いっぱいふくんだ落《お》ち葉《ば》が、まるでジュータンみてえだ。雪《ゆき》より速《はや》く走《はし》れるんじゃねえか？

トナカイが、なんだってんだい。馬《うま》とおんなじよ。人間《にんげん》さまに飼《か》いならされちまって、なんだって言《い》うことをきくんだ」

――すごいよ、父《とう》ちゃん。

こんなこと知《し》ってるなんて。

それだけじゃない。ダントツは、たいがいのものなら、直《なお》せた。なにかが具合《ぐあい》わるくなると、そこがどこかを見抜《みぬ》いた。大工道具《だいくどうぐ》もだれよりもうまく使《つか》いこなした。サーカスのみんなが、その能力《のうりょく》をみとめていた。

あの、ひげづらの団長《だんちょう》さんだって。

「大《たい》したもんだなあ、ダントツ。ピエロやめたって修理《しゅうり》なんでも屋《や》で食《く》っていけそうだ。

だのに、自分《じぶん》の酒《さけ》ぐせだけは直《なお》せないんだなあ……」

なんて、半分《はんぶん》けなしながら、半分《はんぶん》ほめてくれていた。

だけど、やっぱり、おかしいんだ、ダントツ父《とう》ちゃんは。うららちゃんは、カラマツ林《ばやし》を走《はし》り出《だ》したトナカイのソリで、さけんでいた。

「父《とう》ちゃん、鈴《すず》！　わかっちゃうよ、ゴッド死神《しにがみ》にぃ」

そう、かんじんなところで大《おお》ヘマをやってしまうのが、ダントツなんだ。

ダントツがたづなを思《おも》いきりひっぱった。

と、それより速《はや》く、トナカイが前脚《まえあし》をそろえてつっぱり、止《と》まろうとした。

やみの中《なか》から、赤《あか》いすがたがあらわれた。

また、あの、あやしいサンタだった。

うららちゃんは、ぎょっとした。

——同《おな》じサンタ？　どうして先回《さきまわ》りできたの？　それとも、サンタ、なん人《にん》もいるの？

「鈴《すず》の音《おと》が、じゃまなんだね。はずしてあげよう」

サンタは言《い》いながら、トナカイの首《くび》に手《て》をのばした。

「こんやは、わたしの夜《よる》だ。ほんとうなら、このソリに乗《の》って楽《たの》しい一夜《いちや》になるはずだった。ここにあふれるお客《きゃく》たちのあいだをかけぬけてね。だが、ここはもう、こんなになってしまったからね。

きみたち父娘《おやこ》が、さいごのお客《きゃく》というわけだ。このファンタジーランドの。

さあ、楽《たの》しませてあげるといい」

サンタは、大《おお》きな手袋《てぶくろ》のままの手《て》で、トナカイのおしりを、ぴたんとたたいた。

トナカイが走《はし》る。まっ白《しろ》な息《いき》が、ひっきりなしにわく。その息《いき》が、こまかなつぶになって、うららちゃんのほっぺたにあたった。

「雪《ゆき》？　そうだよ、雪《ゆき》だよ父《とう》ちゃん」

「そんなこたあ、どうだっていい。

あ、あいつはサンタなんかじゃねえ。あの服《ふく》ひっぺがしゃあ、なかみはっ」

そのとおりだ。うららちゃんももう、気《き》がついていた。いつも先《さき》まわりして、だれかに変装《へんそう》して！

トナカイが、きゅうに走《はし》る方向《ほうこう》をかえた。

林《はやし》のおくへむかっていたのが、坂道《さかみち》を下《くだ》りはじめたのだ。

雪《ゆき》はほんぶりになっている。もう目《め》もあけていられないくらいにだ。

それでもわかる。明《あ》かりがだんだん大《おお》きくなってくる。あの入《い》り口《ぐち》の広場《ひろば》へ、トナカイは走《はし》りこもうとしているのだ。

なんということだ。どこもかしこも、もう雪《ゆき》をかぶっている。売店《ばいてん》の屋根《やね》。おみやげ屋《や》さんのぬいぐるみ。そして、あのノッポのクリスマスツリーも。その広場《ひろば》に、二人《ふたり》を乗《の》せたソリは、音《おと》もなくすべりこんでいた。

また、あのサンタだ。ツリーの前《まえ》で、まるで出《で》むかえるみたいに立《た》っている。

「メリークリスマス。どうだったかな、トナカイのソリに乗《の》ったサンタの気分《きぶん》は。

だがね、まだまだプレゼントはあるのだよ。

ここはこんなになってしまったが、今夜《こんや》は、きみたち二人《ふたり》の貸《か》し切《き》りだ」

あやしいサンタは、二人《ふたり》をかんげいするみたいに両《りょう》うでを広《ひろ》げていた。

「食《た》べものはすべてただ。乗《の》り物《もの》にも、お金《かね》もチケットもなにもいらない。ほら、だいいち、受《う》けとろうにも、もう誰《だれ》もいない。

さあ、すきにしなさい。一番鶏《いちばんどり》が鳴《な》くまでには、まだまだ時間《じかん》はたっぷりとある。

だがね、逃《に》げ切《き》ることだけはできない。それはもうよくわかっただろう。こうして、おまえは、ここを一周《いっしゅう》しただけで、わたしの前《まえ》へもどってきてしまった。

そう、いくらあがいても、わたしの手《て》のひらからはぬけ出《だ》せない。これはもう、運《うん》命《めい》なのだよ。けっして逃《のが》れられない、運命《うんめい》なのだよ。おしゃかさまの手《て》のひらの上《うえ》のそんごくうなのだよ。

せめて、かわいい娘《むすめ》まで道《みち》づれにしないようにすることだ」

声《こえ》はもう、かんぜんにあの死神《しにがみ》にもどっていた。親切《しんせつ》そうで、やさしそうな声《こえ》で、行《い》く先《さき》ざきでダントツをまちかまえて、また逃《に》がして楽《たの》しんでいたんだ。

「うらら、こい！」

ダントツがさけんでかけ出《だ》した。


ハンガーに、ものすごい数《かず》の着《き》ぐるみやいしょうがつりさがっている。いったいどのくらいあるのだろう。きっとパレードやショーで着《き》るのだ。いいや、着《き》られていたのだ。ここが、こうなる前《まえ》までは。

白雪姫《しらゆきひめ》のドレス。七人《にん》の小人《こびと》たち。魔《ま》法《ほう》使《つか》いのおばあさん。ピノキオ。ピーターパン。海賊《かいぞく》。ドロシー。木《き》こり。カカシ。ライオン。

ほとんどまっくらやみの中《なか》で、ダントツがえらんだのは鉄砲《てっぽう》を持《も》ったひげづらの猟《りょう》師《し》だ。

「あと少《すこ》しだ、うらら。一番鶏《いちばんどり》のやつが鳴《な》いてくれるまで、あと少《すこ》しのしんぼうだ。

なっ、こんなところにかくれてるなんて、おしゃかさまでも、ごぞんじなかろうさ」

「そうだね、父《とう》ちゃん。しらべるにしたって、こんなにだよ。着《き》ぐるみ一《ひと》つずつついてるうちに、夜《よ》が明《あ》けちゃうよ」

となりの〝赤頭巾《あかずきん》ちゃん〟がこたえた。猟《りょう》師《し》よりも小声《こごえ》で。着《き》ぐるみの中《なか》は、もちろんうららちゃんだ。

でも、しゃべらないほうがいい。戸《と》はしまっていても、なんてったって相手《あいて》はあの死神《しにがみ》だ。いつここへはいってくるかわかったものじゃなかった。

となりにつり下《さ》がっているのは、おばあさんとオオカミの着《き》ぐるみだ。そのおばあさん

のが、かすかにゆれた。

おばあさんの着《き》ぐるみがしゃべりだした。

「あと、こ一時間《じかん》のしんぼうだよ。よくもまあ、逃《に》げつづけたものさね。えらいよ、あんたたち父娘《おやこ》は。あたしゃ、かんしんしてるんだよ、ほんとうに。

あの風見鶏《かざみどり》ねえ、それはそれは大《おお》きな声《こえ》で鳴《な》くんだよ。うら山《やま》のカラスどもがおびえてさわぐほどにね。それも、この夜明《よあ》けがさいごさ。そのことをとても悲《かな》しんでいてね。

もともと空《そら》なんか飛《と》ぶことのできなかったニワトリだ。それでもこのファンタジーランドのシンボルだったんだよ。それが、だれからも忘《わす》れられて、さびついて。

さいごは、声《こえ》をふりしぼって鳴《な》くよ。その声《こえ》をさいごに地上《ちじょう》へ落《お》ちてバラバラになるのさ。

ね、運命《うんめい》なんだよ。ほろびるものは、ほろびる。みんなその運命《うんめい》からは、逃《のが》れられないんだよ。

おまえさんたちが、ここをいいかくれ場所《ばしょ》だときめる。選《えら》ぶ着《き》ぐるみは猟師《りょうし》と赤頭《あかず》巾《きん》。だからわたしは、おばあさんを着《き》て、ここで待《ま》っていた。

迷《まよ》ったんだよ、着《き》るのはオオカミがいいかなって。でも、あれはごめんさ。なにしろ、おなかを切《き》りさかれて、そのあといっぱいの石《いし》をつめこまれるんだからねえ」

はじめのうちは、しゃがれた、おばあさんの声《こえ》だった。それが、だんだんに変《か》わってさいごは、あの死神《しにがみ》の声《こえ》になっていた。

おばあさんの着《き》ぐるみが、ゆっくりと脱《ぬ》げはじめた。

「うへえぇ」

猟師《りょうし》がさけんだ。おもちゃの鉄砲《てっぽう》をふりまわしながら、逃《に》げだしていた。

いしょうが、ざわざわと波《なみ》うった。ハンガーから引《ひ》きちぎられて〈長《なが》ぐつをはいたねこ〉と〈長《なが》くつ下《した》のピッピ〉がぐにゃっと床《ゆか》に長《なが》くなった。音《おと》もなく。鉄砲《てっぽう》が放《ほう》り出《だ》された。床《ゆか》にころがって、こっちはかたい音《おと》をたてた。

ダントツは着《き》ぐるみのまま、雪《ゆき》の外《そと》へとび出《だ》した。うららちゃんのほうは、赤頭巾《あかずきん》のままだ。

まわりは見《み》にくいし、走《はし》りにくいったらありゃあしない。それでも脱《ぬ》いでいるうちに、あいつに追《お》いつかれたらなんて思《おも》うと、一歩《いっぽ》だって立《た》ち止《ど》まれなかった。

いくつか、イベントハウスの中《なか》をつっ切《き》った。また外《そと》へ出《で》たときだ。まるい大《おお》きな花火《はなび》が空《そら》いっぱいに広《ひろ》がった。

八、ゴーストランドのクリスマス

「見《み》て。あの大時計《おおどけい》。もうすぐ四時《じ》だよ」

「そうか。あと少《すこ》しのしんぼうだな」

だけどクリスマスの夜明《よあ》けはおそい。まだまだ朝《あさ》は海《うみ》のむこうだ。うららちゃんは、かんらん車《しゃ》のガラスごしに、そうっと東《ひがし》の空《そら》をのぞいた。うまくかくれつづけられれば、きっとはるかな海《うみ》から、クリスマスの朝日《あさひ》がのぼるんだ。

それにしても、死神《しにがみ》はどうしたのだろう。ここへ逃《に》げこんで、もうかなりの時間《じかん》がたっている。死神《しにがみ》はなにもかもわかっていて、いつも先《さき》まわりしていた。だのに、このかんらん車《しゃ》だけは気《き》がつかないっていうんだろうか。

もう三回目《かいめ》だ。てっぺんまでくるのは。ゆっくりゆっくりと回《まわ》って、下《した》の乗《の》り場《ば》に着《つ》くときが、いちばんひやひやだった。もしかしたら死神《しにがみ》のやつは、そこにつっ立《た》っていて、一《ひと》つ一《ひと》つ中《なか》をのぞきこんでいるかもしれないじゃあないか。

でも、それはなかった。きっと、あと一度《いちど》だ。こんど下《した》へおりて、またてっぺんまで来《く》るころには、きっと空《そら》は、夜明《よあ》けの色《いろ》になる。それをまっ先《さき》にかんじるニワトリ。そうあの風見鶏《かざみどり》は高《たか》らかに、クリスマスの朝《あさ》を祝福《しゅくふく》して、声《こえ》をかぎりに鳴《な》くだろう。

と、いきなり、またあの〈はげ山《やま》の一夜《いちや》〉が鳴《な》ったんだ。

「う、うらら、おめえ!?」

うららちゃんは、あわててポシェットをひらいた。

――そんな、そんなはずない！

「捨《す》てたよ。あたし、たしかに捨《す》てたよっ」

そのとおり。ここへ着《つ》いて、クリスマスツリーの前《まえ》でこれが鳴《な》り、二人《ふたり》して逃《に》げ出《だ》したとき、たしかに捨《す》てた。まだ雪《ゆき》なんかつもっていなかった広場《ひろば》へ。それなのに！

「いい曲《きょく》だ。ムソルグスキー。

わたしはだいすきぃだよ。おまけに、いまおまえがかくれているところまで、ちゃんと教《おし》えてくれている。ナンバー13。いまその箱《はこ》は、一番《いちばん》てっぺんにいる。地上《ちじょう》から四五《メートル》。

止《と》めるよ」

がくんと、かんらん車《しゃ》がゆれた。

「ケイタイを捨《す》ててはいけないよ、うららちゃん。父《とう》さんと連絡《れんらく》がとれなくなるだろう。

もっとも、もうこれがさいご、もうすぐ用《よう》なしになる」

ベリベリ。ガクン。ドドン。ものすごい音《おと》が鳴《な》りひびいた。箱《はこ》は横《よこ》にたてにななめに、大《おお》ゆれだ。もう、目《め》もあけていられなかった。

ガラスが割《わ》れた。かべが外《はず》れた。いすがねじれて、つり下《さ》がる。もう、床《ゆか》は半分《はんぶん》なくなっている。はるか下《した》で、それらがくだけちる音《おと》がひびいた。

うららちゃんは、どこかにすがりついたまま、ようやく目《め》をあけた。

床《ゆか》はほとんどなくなっていた。かべが一《ひと》つだけ、屋根《やね》もない。うららちゃんは、そのちぎれかけたわくに、すがりついていた。

ダントツがいない。

「父《とう》ちゃんっ」

さけんだ。

「うらら、ここだ」

足《あし》もとで、うめくような声《こえ》がした。

ダントツの手《て》が見《み》えた。鉄《てつ》わくの一本《いっぽん》につり下《さ》がっている。その鉄《てつ》わくは、ぎしぎしと動《うご》く。いまにも外《はず》れて落《お》ちそうに。

ダントツはなんとか足《あし》をかけて、よじのぼろうとしている。でも、つき出《で》たおなかだ。いくどかそうするうちに、とうとう足《あし》も上《あ》がらなくなった。

うららちゃんは、わずかに残《のこ》った床《ゆか》にひざをつき、片手《かたて》をのばした。ダントツの手《て》首《くび》をにぎった。宙《ちゅう》づりのダントツをひっぱり上《あ》げようとした。

でも、だめなことはわかりきっている。なにしろダントツは、身長《しんちょう》は一六〇《センチメートル》そこそこなのに、体重《たいじゅう》ときたら七八《キログラム》もあるんだから。

みんな下《した》に落《お》ちた。かべも屋根《やね》もガラスも床《ゆか》も。そして、ようやくこの中《なか》で脱《ぬ》いだ猟師《りょうし》と赤頭巾《あかずきん》ちゃんの着《き》ぐるみも。それなのに、あのケイタイだけは、まだ、ポシェットの中《なか》に残《のこ》っていた。

「わたしは、ここだ。下《した》を見《み》てごらん」

うららちゃんは、はるかな足《あし》もとを見《み》た。

死神《しにがみ》がいる。小《ちい》さな黒《くろ》い人影《ひとかげ》が、ここを見上《みあ》げている。

「どうかね、ダントツ。そこからの見《み》はらしは。さいごにすばらしいものを見《み》せてあげよう。ファンタジーランドじまんのパレードだ。

見《み》ただろう、あの衣装部屋《いしょうべや》を。世界中《せかいじゅう》のファンタジーの主役《しゅやく》たちみんなが、せいぞろいしていた。その一人《ひとり》のこらずの大《だい》パレードをはじめよう。先頭《せんとう》は、あの〈ブレーメンの音楽隊《おんがくたい》〉だ。

しかも、おまえを鳥《とり》の気分《きぶん》にさせてあげよう。空《そら》は飛《と》べないが、あの風見鶏《かざみどり》くらいの翼《つばさ》を心《こころ》にあげよう」

死神《しにがみ》の声《こえ》が、うたうみたいにとどいた。

「おまえは、はばたいて地上《ちじょう》へ降《お》り立《た》つ。そう信《しん》じながらその手《て》をはなすといい。大《だい》パレードのまん中《なか》へ、まい降《お》りるんだよ。

ああ、わたしはなんという情《なさ》け深《ぶか》い神《かみ》なんだろう。おまえみたいなどうしようもない男《おとこ》にまで、さいごはこうしてしまう。

娘《むすめ》のことも、心配《しんぱい》しなくていい。こんどのわたしのしごとには、はじめから入《はい》っちゃいないからね。うららちゃんには、おまえのさいごも忘《わす》れさせてあげよう。

朝《あさ》、サーカスの母親《ははおや》のところで目《め》をさます。母《かあ》さんへのプレゼントをかかえてね。あったかな、すてきなセーターだ。親子《おやこ》おそろいの。きっとにあうよ、二人《ふたり》とも。

買《か》ってくれたのは、ダントツなのだよ、うららちゃん。

ダントツ、おまえは行方不明《ゆくえふめい》だが、奥《おく》さんとうららちゃんは帰《かえ》りを信《しん》じてセーターをだきしめて待《ま》つことになる。ま、永久《えいきゅう》にだがね」

死神《しにがみ》が、ゆっくりと右手《みぎて》を上《あ》げた。その指先《ゆびさき》が、ファンタジー城《じょう》のてっぺんの風見《かざみ》鶏《どり》に向《む》けられた。その胸《むね》が、くくくっとふくらんだように見《み》えた。胸《むね》いっぱいに息《いき》をすい込《こ》んだみたいに。ブリキのニワトリなのに。

「ひどいよ、おじさん。死神《しにがみ》のおじさん！」

うららちゃんはさけんだ。ひっしに、ダントツのうでをつかみながら。

「わるいのは父《とう》ちゃんじゃない。おじさんのほうなのに。父《とう》ちゃんの心《こころ》がぐらつくまで待《ま》たせて、賞金《しょうきん》みんなよこせなんて。それに支配人《しはいにん》のうその手紙《てがみ》でこんなところへおびき出《だ》してえ」

「それはちがうよ、うららちゃん。聞《き》いてごらん、父《とう》さんに。わたしは約束《やくそく》どおり百《ひゃく》万円《まんえん》を持《も》ってくるように言《い》ったんだよ。それがきのうだ。それなのにね。

きみの父《とう》さんが、はじめから心正《こころただ》しい者《もの》ならば、約束《やくそく》はやぶったりしなかった。わたしへの感謝《かんしゃ》も忘《わす》れやしなかっただろう」

「ずっと待《ま》ってた。ケイタイ鳴《な》るのを。父《とう》ちゃん、おじさんに感謝《かんしゃ》してた。

おじさんは、ためしてたんだ。父《とう》ちゃんの心《こころ》がぐらつくまで、わざとおくらしたんだっ」

「たしかにためしはしたよ。だが、どうするかは、父《とう》さんしだいだった」

死神《しにがみ》の声《こえ》は自信《じしん》にみちていた。

「これは、みんな、運命《うんめい》なのだよ。こうなることは、そう、ダントツが生《う》まれる前《まえ》から決《き》まっていたことなんだよ。

人《ひと》はなにかの分《わ》かれ道《みち》に立《た》ったとき、どっちに行《い》くか、じぶんで決《き》めたと思《おも》っている。でもね、どっちを選《えら》ぶかは、はじめから決《き》められている。そうさせている力《ちから》があるのだよ。

人間《にんげん》のすることなんて、みんなわたしらの世界《せかい》ではじめからわかっていることなんだよ。

ところでうららちゃん、きみはどっちを信《しん》じるかな？　うそをついているのは、約《やく》束《そく》をやぶったのは、父《とう》さんかな、わたしかな？

わたしを信《しん》じるなら、うららちゃん、きみには輝《かがや》かしい未来《みらい》を約束《やくそく》しよう。やがて、お母《かあ》さんのいるサーカスの大《だい》スターだ。世界《せかい》に二人《ふたり》といない空中《くうちゅう》ブランコの名手《めいしゅ》となって、その名《な》はとどろくだろう。

運命《うんめい》といったが、その運命《うんめい》をすこしくらいは変《か》えられる力《ちから》はあるんだよ。そう、わたしらにだけは。

だがね、このわたしより、うそつきでどうしようもない父上《ちちうえ》をまだ信《しん》じるというのなら、それによって、うららちゃん、きみのことも考《かんが》えなおさなくちゃならないね」

うららちゃんは、もう返事《へんじ》をしなかった。

ダントツのうでが、ぶるぶるとふるえだしている。もう、つかまっている力《ちから》の限界《げんかい》にちがいない。

「父《とう》ちゃん、父《とう》ちゃん」

うららちゃんは、半《はん》なきになりながら、ひっしにひっぱり上《あ》げようとした。

ぐらりぐらりと、鉄《てつ》くずみたいになった箱《はこ》がゆれる。

いきなり、風《かぜ》がきた。うららちゃんの体《からだ》はまるでダイビングするみたいに宙《ちゅう》へういた。ダントツの片《かた》うでが、うららちゃんをつかまえていた。

二人《ふたり》は、うで一本《いっぽん》でつながって宙《ちゅう》ぶらりんになっていた。

「おねげえだっ。うららだけは助《たす》けてくれっ」

ダントツのぶしょうひげのあごがさけんだ。

「うらら、あのことはな、父《とう》ちゃんのほうが」

「言《い》わなくていい。父《とう》ちゃんのほうを信《しん》じる。

だって、父《とう》ちゃんだもの。わたしの、一人《ひとり》っきりの父《とう》ちゃんだもの。大《だい》すきな父《とう》ちゃんだもの」

うららちゃんのほっぺたに、なにかが、ぽたぽたとあたった。あたたかかった。

「うらら、ありがとうよ。おれみてえな父《とう》ちゃんのことを、さいごまでありがとうよ」

風《かぜ》がふく。体《からだ》がゆれる。うでがしびれてきて、もうなんにもかんじなくなっていた。

「死神《しにがみ》のおじさん。これがわたしの答《こた》えだよ。きっとだれだって、父《とう》ちゃんでなくたって迷《まよ》うよ。あんなためされかたしたら、心《こころ》ぐらつくよ。わたしだって、そうなるといいなって、一度《いちど》や二度《にど》おもった。だからわたしも父《とう》ちゃんと同《おな》じだよ。

おじさんは、それをはじめから知《し》ってる。人間《にんげん》の心《こころ》が弱《よわ》いもんだって知《し》ってる。それをためして楽《たの》しむなんて。だから父《とう》ちゃんはわるくない。

さあ、もう好《す》きにしていいよっ。父《とう》ちゃんもわたしもっ」

うららちゃんは、ま下《した》にいる黒《くろ》いマントの死神《しにがみ》を見下《みお》ろしてさけんだ。

「うらら、父《とう》ちゃんに一《ひと》つだけいいことあったぜ。だてにふとってるんじゃねえってことに気《き》がついた。父《とう》ちゃん、着《き》ぐるみ百《ひゃっ》こにもまけねえいいクッションになるぞ。おまえはだいじょうぶだ、うらら。

なんの四五《メートル》ぽっきり。おまえをかかえてな、これっぽっちも傷《きず》つけるもんか。うれしかったぜ、おまえが生《う》まれてくれたあんときゃあ。あんときみてえに、このおまえをこの胸《むね》につつんで、しっかりだきしめてるからな」

「父《とう》ちゃん、セーターありがとう。いつか、母《かあ》ちゃんと着《き》るからね」

ダントツの手《て》が、かんらん車《しゃ》からはなれた。

二《ふた》つの体《からだ》がまっすぐに落《お》ちながら、くるりくるりと宙《ちゅう》でいくどか回《まわ》った。回《まわ》りながら、しっかりと一《ひと》つになった。

広場《ひろば》では、ファンタジーランドのパレードがよみがえっていた。

先頭《せんとう》のブレーメンの音楽隊《おんがくたい》のねこが、トランペットをふく。高《たか》らかに。犬《いぬ》が大《おお》だいこをたたく。やぶれそうなくらいに。

その後《あと》に、あの衣装部屋《いしょうべや》の、おそらく一人《ひとり》のこらず、一匹《いっぴき》のこらずがつづく。

花火《はなび》が上《あ》がる。人《ひと》は一人《ひとり》もいないのに。わきかえる拍手《はくしゅ》。かん声《せい》。わらい声《ごえ》。

それらをかき消《け》して、風見鶏《かざみどり》が鳴《な》いた。

「コケッカキキーヨー」

声《こえ》をかぎりに鳴《な》いて、鳴《な》きながら、まっすぐに落《お》ちていく。

死神《しにがみ》はそれを見《み》とどけると、ファンタジー

城《じょう》にくるりと背《せ》をむけた。こんどは、パレードに向《む》かって、まっすぐに両《りょう》うでをのばした。その手《て》のひらを、くるりと上《うえ》に向《む》けた。まるでなにかをうけ止《と》め、すくいあげでもするみたいにだった。

エピローグ

Zの77。こんどのことで、わたしの死神《しにがみ》ナンバーは、そうなった。

仕事《しごと》をすれば、一人《ひとり》について、一《ひと》つずつ番号《ばんごう》はあがる。失敗《しっぱい》なんかしようものなら、そのペナルティーはきびしい。一人《ひとり》について百《ひゃく》くらいは下《さ》げられる。

AからZまで、アルファベット一《ひと》つに九十九人《にん》がひしめいていてね、そうとうな数《かず》だよ、わたしらの仲間《なかま》は。

位《くらい》が順調《じゅんちょう》に上《あ》がりBになったとき、道《みち》は二《ふた》つあり、希望《きぼう》すれば引退《いんたい》もできる。もう、こわがられることは何《なに》もしなくていい。楽《たの》しいことだけができる時間《じかん》を、自分自身《じぶんじしん》にプレゼントできるってわけだが……。

Aになるとね、下《した》っぱのものたちに命令《めいれい》してはたらかせる。どっかの国《くに》の大統領《だいとうりょう》みたいなおえらいさんになれるわけだが、わたしの道《みち》はまだCへもはるかに遠《とお》い。

さて、ダントツはどうなったかって？　うららちゃんのその後《ご》のことも聞《き》きたいかな。それはきみたちが、好《す》きに想像《そうぞう》すればいい。ん？　わたしがどうせ情《なさ》け深《ぶか》い死神《しにがみ》だから、きっと失敗《しっぱい》しただろうって？

心外《しんがい》だね、だいいち失礼《しつれい》だね。わたしみたいなりっぱな死神《しにがみ》にたいして。あんまりそんなこと言《い》うと、わたしの指先《ゆびさき》は、次《つぎ》にきみを指《ゆび》さすかもしれないよ。

死神《しにがみ》にとって〝なさけの〟なんてつくあだ名《な》は不名誉《ふめいよ》だ。とっとと返上《へんじょう》して、だれからもおそれられる神《かみ》になりたいんだが、くやし

いことにこんども泣《な》けた。どたんばで見《み》せられたダントツの勇気《ゆうき》にね。

人間《にんげん》なんて、はなっから信《しん》じちゃいないわたしだから、ああいうのはこまる。死神《しにがみ》を泣《な》かせるなんて、この世《よ》でもっともわるいことなんだがね。

しかし、いいね、親子《おやこ》、か……。

おっと、あんまり人間《にんげん》をほめてしまうと、わたしは、わたしらしくなくなってしまう。おえらいさんの耳《みみ》にでも入《はい》ったらなにをされるやら、くわばらくわばら。

だから、あの二人《ふたり》のことは、もうなにも聞《き》かないでくれたまえ。どこかのサーカスにそれらしい二人《ふたり》がいたって、ジャックと豆《まめ》の木《き》そっくりのパフォーマンスがあったって、わたしの知《し》ったことじゃあない。

そんなことよりも、いっきにZまで下《さ》がってしまったこのびりっけつから、またぬけださなくちゃあね。

おっと、まだおまけが一《ひと》つ残《のこ》っていた。

おまけのはなし
ワールド・カップをくれたねこ

「ああ、おれはいったい、どうすりゃいいんだ……」

ハンスさんは、また、ため息《いき》をついた。

空《そら》には、なみだ目《め》みたいな、にじんだ月《つき》がうかんでいる。ま夜中《よなか》すぎの公園《こうえん》には、ハンスさんのほか、だあれもいなかった。

風《かぜ》がまたふきすぎていった。ざざあと木《き》の枝《えだ》が鳴《な》って、赤《あか》や黄色《きいろ》にそまった葉《は》をふき落《お》としていく。その色《いろ》にまけるもんかとはためくのは〝大道芸《だいどうげい》ワールド・カップin静岡《しずおか》〟と大書《おおが》きされている、たくさんのはただ。

昼間《ひるま》の公園《こうえん》はにぎやかだった。なん十人《じゅうにん》もの大道芸人《だいどうげいにん》と、それを黒山《くろやま》になってとりかこむ見物人《けんぶつにん》の笑《わら》い声《ごえ》にあふれていた。

「だけど、おれの芸《げい》、見《み》てくれたのは……」

ハンスさんは、コートのポケットのなかみをにぎりしめた。ジャリっとコインの音《おと》はしたけれど、ほんのひとにぎりしかない。これでは、あいぼうのテオさんの入院費《にゅういんひ》どころか、薬代《くすりだい》だってどうなることか。

オランダまでの帰《かえ》りの航空券《こうくうけん》だけは買《か》ってある。だけど日本《にっぽん》にいる間《あいだ》のホテル代《だい》や食費《しょくひ》は〝投げ銭《なげせん》〟をあてにしていた。なのに二日間《ふつかかん》終《お》わって、たったの三千四百七十円《さんぜんよんひゃくななじゅうえん》！

この国《くに》の見物人《けんぶつにん》はケチ⁉ そんなことはない。なぜってこっそり見《み》ていると、ほかの芸人《げいにん》たちはけっこうかせいでいる。千円札《せんえんさつ》を投《な》げこむ手《て》だってある。それなのに……。

「おれたちの芸《げい》は、二人《ふたり》して一人前《いちにんまえ》。おれ一人《ひとり》が大《おお》うけするはずないもんな。テオよ、おれはどうすりゃいいんだい」

ハンスさんは、また夜空《よぞら》をあおいだ。

プログラムにはこう紹介《しょうかい》されている。

▽黒《くろ》ねこテオと、バイオリンひきハンス（オランダ）

黒《くろ》ねこのぬいぐるみ、ノッポのテオは、ねこより身《み》がる。少《すこ》しふとりすぎのハンスは、すがたににあわぬバイオリンひきの名手《めいしゅ》。二人《ふたり》の、つなわたりしながらのかけあいがぜつみょう。

ところがだった。テオさんはこの街《まち》へたどりついた日《ひ》、駅《えき》から救急車《きゅうきゅうしゃ》で病院《びょういん》へ。

——おまえ、いつもおれに言《い》ってた。あんまりビールのむな。ふとりすぎだよ。体《からだ》、だいじにしなくちゃって。

だのによお。このおれはなんともねえって

のに、逆《ぎゃく》じゃねえか。まだ若《わか》いおまえが……。

でも、今《いま》さらなにを言《い》ってもしかたないことだった。

もちろん、ハンスさんは、テオさんを見《み》すてて一人国《ひとりくに》へ帰《かえ》るなんてできっこない。なにしろコンビを組《く》んで三年《ねん》、血《ち》のつながった親兄弟《おやきょうだい》よりもだいじな、あいぼうなんだから。

頭《あたま》の手術《しゅじゅつ》は、なんとかうまくいったらしい。でも、その頭《あたま》はほうたいの、ぐるぐるまき。鼻《はな》も口《くち》もうでも。くだときかいにつながれて、まだこんこんと眠《ねむ》ったままだ。

どうすればいい。つれて帰《かえ》るようになれるのか。そうでなければ、このさき、どうなるんだ。こんな、ことばも通《つう》じない遠《とお》いとおい国《くに》で。

二人《ふたり》とも家族《かぞく》とよべるものはこの世《よ》にいない。どちらか一人《ひとり》になにかが起《お》きたら、残《のこ》されたほうが後《あと》のことはやる。ハンスさんはもう六十歳《さい》。それはきっと三十六も年《とし》下《した》だっていうテオさんのほうこそ考《かんが》えていたことだろう。

なみだが、じわあとわいた。と、そのときだ。足《あし》になにかがふれた。やわらかくて、あったかなかんしょくだった。

ハンスさんは目《め》をしばたいて、足《あし》もとを見《み》た。

見上《みあ》げている目《め》とあった。黒《くろ》ねこだった。

「なんだい、おまえさんは」

ハンスさんは黒《くろ》ねこを見《み》ながら、またぐすんと、はなみずをすり上《あ》げた。

黒《くろ》ねこは、いきなりハンスさんのひざの上《うえ》に跳《と》びのった。

もともとハンスさんは、ねこをきらいじゃない。おまけにこんなにさみしい夜《よる》だ。

「おまえさん、おれをあったためてくれるっていうのかい。じつは、さむくてやりきれないんだ。

ホテルはひきはらってきてな。テオのために少《すこ》しでも、せつやくしなくちゃならん。

だがな、やっぱり野宿《のじゅく》は身《み》にこたえる」

ハンスさんは両手《りょうて》で、黒《くろ》ねこの体《からだ》をつつんだ。

「まてよっ……こんなことがまえにも一度《いちど》なかったか？　そうだ、あったぞ」

ハンスさんは思《おも》い出《だ》していた。あれは雨《あめ》がぽつぽつふる夜《よ》ふけの、運河《うんが》の橋《はし》の下《した》だった。

あのときハンスさんは、もう生《い》きることなんかどうでもよくなりかけていた。つとめていた会社《かいしゃ》がなくなって失業《しつぎょう》した。まよったあげく、まえから好《す》きだったバイオリンひきの大道芸人《だいどうげいにん》になる決心《けっしん》をした。バイオリンのうでまえには自信《じしん》があった。

ハンスさんは、アマチュアだけどオーケストラのメンバーだった。だけどバイオリンだけでは、お客《きゃく》は集《あつ》まらない。考《かんが》えたのは、つなわたりだった。でも、ほんとうのつなわたりはまだできなかった。

つなはいちおうはる。頭《あたま》の高《たか》さに。脚立《きゃたつ》の上《うえ》にのぼる。うんとためらう。少《すこ》しひくくする。それでもやれない。そしてついに、つなは地面《じめん》にぐだあっとはわす。ハンスさんはようやくバイオリンをひきながら、その上《うえ》をあるく。楽《たの》しくワルツをひき、おどりながら。

はじめは、少《すこ》しうけた。でもいつでも同《おな》じパフォーマンスだから、すぐにあきられた。見《み》るまにこまるようになった。住《す》むところ、食《た》べるもの、着《き》るものにも。

いっそのこと運河《うんが》に身《み》をなげて、こんなさみしい人生《じんせい》は捨《す》てちまおうか。そんな、あぶなっかしい気持《きも》ちになった夜《よる》だった。

ハンスさんが川《かわ》べに立《た》って、くらい流《なが》れをのぞきこんだときだった。なにかがもがきながら流《なが》れていく。ハンスさんはおもわず岸《きし》にはらばいになって片手《かたて》をのばしていた。自分《じぶん》も落《お》っこちそうになりながら。

「まったくな、死《し》んじまおうかなんて考《かんが》えてたこのおれが、なんだって助《たす》けたりしちまったんだ、おまえみたいなちびねこをよ」

ハンスさんは、ぶるぶるふるえて、しがみつくちびの黒《くろ》ねこを、着《き》ているぼろコートのすそでふいてやりながら、なんだかたまらなくおかしくなった。一度《いちど》笑《わら》い出《だ》すととまらなくなって、なみだまで出《で》てこまった。

黒《くろ》ねこはそれからしばらくの間《あいだ》、ハンスさんといっしょにいた。ハンスさんの大道《だいどう》芸《げい》の小道具《こどうぐ》や〝生活用品《せいかつようひん》〟一式《いっしき》をぐちゃぐちゃにつめこんであるボストンバッグの中《なか》にいっしょに入《い》れられたり、コートのポケットにつっこまれたりしながら。

ハンスさんの、いつも同《おな》じパフォーマンス。人《ひと》なんかほとんどない、それでもいっしょうけんめいやるのを、ボストンバッグの上《うえ》にちょこんとすわり、ながめていた。

ふっとすがたを消《け》したのは、十日《とおか》か十五日《にち》かたってからのことだったろう。にゃんにもおれいをいわずにだった。

とんぼ返《がえ》りの名手《めいしゅ》テオさんと出会《であ》ったのは、そのあとしばらくたってからのことだ。街角《まちかど》につなをはり、その上《うえ》をひょいひょいわたり、くるくるととんぼ返《がえ》りするテオさん。テオさんは黒《くろ》ねこのぬいぐるみを着《き》た、やせっぽちの若《わか》ものだった。

ハンスさんは、おそるおそる声《こえ》をかけた。

「どうだろう、コンビを組《く》んじゃくれまいか。おまえさんがボスでいい。おれは悲《かな》しいピエロの化粧《けしょう》をして、バイオリンをひく。あんたのでんぐり返《がえ》りのばんそう係《かかり》でいい」

テオさんは、ふかすぎるくらいの、ひすい色《いろ》の目《め》をしていた。その目《め》で、うれしそうに笑《わら》った。でも、テオさんは、ことばをしゃべれない若《わか》ものだった。ハンスさんは、いっしょうけんめい手話《しゅわ》をおぼえた。

二人《ふたり》は大道芸《だいどうげい》の腕《うで》をみがき、やがてハンスさんもつなわたりをできるようになった。両《りょう》はしからつなわたりする二人《ふたり》。ハンスさんのバイオリンは楽《たの》しいワルツだ。二人《ふたり》はやがて、つなのまん中《なか》ではち合《あ》わせ。おしたりおしかえしたりのおどけたダンスは、やがてアムステルダムの街角《まちかど》の名物《めいぶつ》となった。

二人《ふたり》は自信《じしん》にあふれた。うわさに聞《き》いたこんどの日本《にっぽん》の大道芸《だいどうげい》ワールド・カップへの出場《しゅつじょう》には、そんないきさつがあったからだ。

ハンスさんは水《みず》ばなをぐすんとすすりあげながら、ひざの上《うえ》の黒《くろ》ねこをみた。見《み》れば見《み》るほど、あのときのあいつにそっくりじゃないか。国《くに》どうしはこんなに遠《とお》くはなれているっていうのに。

長《なが》いしっぽ。ビロードみたいな短《みじか》い毛《け》。それにひすい色《いろ》のふかい目《め》。そしていまになって気《き》がついた。

「こいつの目《め》、テオにそっくりじゃないか」

次《つぎ》の日《ひ》の夜《よる》、ハンスさんは上《じょう》きげんだった。ずっしりと重《おも》たい布袋《ぬのぶくろ》を両手《りょうて》でささえて、テオさんのベッドの横《よこ》にこしかけていた。

「なあ、テオ。いったいなにがおきたと思《おも》う。

今日《きょう》の人気《にんき》はたぶん、ぶっちぎりのトップだったぞ。おまえにゃわるいが、あいつのとんぼ返《がえ》りときたら、おまえよりすごかった。まったく、なんてやつなんだ、あいつは。おれたちのやってきたことを、まるでみんな知《し》ってたみたいにやっちまったんだぜ。

おれはいつものように、つなの上《うえ》のバイオリンひきさ。だけど、いくらおどけたって一人《ひとり》じゃあな。ところが、いきなりあいつが、とびだして来《き》てな。つなのむこうから、おれめがけてやって来《く》るんだ。おれのワルツにあわせて、長《なが》いしっぽ、タクトみたいにぴっぴってふりながら。

見物人《けんぶつにん》はほとんどいなかった。それなのに、

子《こ》どもが一人遠《ひとりとお》くでさけんだんだ。

『あっ、ねこの大道芸《だいどうげい》だ！』

日本語《にほんご》はわからないけど、あれはそうさけんでくれたにちがいないさ。

たちまちの人《ひと》だかりさ。ほかの芸《げい》を見《み》ていた人《ひと》たちまですっとんで来《き》てな。

おれもおどろいたが、すぐにぴんときた。こいつはきっと、おれを助《たす》けに来《き》たなにかの御使《みつか》いだって。

しっし、どけ、じゃまするな。おまえのときと同《おな》じにやればいいんだって。大《おお》げさな身《み》ぶりでそうした。

あいつはかまわずせまって来《く》る。さあどけおまえこそどけ。おどりながらのかけひきのさいごはどうなったとおもう？

あいつは三回《かい》つづけたとんぼ返《がえ》りのあげく、おれの足《あし》の間《あいだ》をすりぬけた。それから、いきなり背中《せなか》をかけ上《あ》がったんだぞ。そして頭《あたま》のてっぺんにちょこんとすわった。さあ、フィニッシュだ。

あいつのしっぽのタクトにあわせて、おれのワルツは終《お》わった。

投《な》げ銭《せん》もらうときもすごかった。あいつな、いつものおまえの帽子《ぼうし》を口《くち》にくわえて、見物人《けんぶつにん》の間《あいだ》をまわるんだ。

ほら、見《み》ろよ。こんなにだぞ」

ハンスさんの声《こえ》は、しらずしらず大《おお》きくなってしまっていた。

ここは病院《びょういん》。ベッドのしきりは、うすいカーテン一枚《いちまい》きり。同《おな》じ病室《びょうしつ》に八人入院《にんにゅういん》している。ハンスさんは、声《こえ》を落《お》とした。

「あしたまた来《く》る。あさってはワールド・カップが決《き》まるんだ。またあいつが現《あらわ》れてくれるとありがたいんだが。

おまえもいのっていてくれよ、テオ」

テオさんはまだ眠《ねむ》ったままだ。それでなくても今《いま》の話《はなし》はつたわらないだろう。それがハンスさんにはくやしかった。

会場《かいじょう》になっている公園《こうえん》も街《まち》の中《なか》も、もう大道芸《だいどうげい》の祭《まつ》り一色《いっしょく》。見物人《けんぶつにん》たちまで赤《あか》いはなをくっつけたり、ほっぺたに絵《え》をかいてもらったりして。

さすが世界中《せかいじゅう》からワールド・カップ賞金《しょうきん》二百万円《ひゃくまんえん》をねらってやって来《き》たパフォーマ

ーたちは、みんなすごい。でも、ハンスさんのは、たちまち、人気《にんき》ナンバー1《ワン》におどりでた。なにしろ、ほんもののねこがパートナーなんだから。

黒《くろ》ねこはふしぎなことに、プログラムどおりの時間《じかん》になると、どこからともなく現《あらわ》れた。回《かい》をかさねるたびに見物人《けんぶつにん》の輪《わ》はあつくなった。もちろん投《な》げ銭《せん》もふえた。

テオの帽子《ぼうし》は重《おも》たくて、黒《くろ》ねこはいつも地《じ》べたをひきずるほどになった。

その芸《げい》が終《お》わったとき、そろいのジャケットを着《き》た人《ひと》たちが五人《にん》、ハンスさんに声《こえ》をかけてきた。

「この方《かた》たちはワールド・カップの運営委員《うんえいいいん》です。パンフでは男二人組《おとこふたりぐみ》ですが、一人《ひとり》はほんもののねこだなんてかいてない。どういうことですか？　そう聞《き》いています」

いっしょに来《き》た通訳《つうやく》がこう言《い》った。

「あいぼうのテオがたおれて……。

ねこは……神《かみ》さまかなにかが、さしむけてくれたって信《しん》じてるんだ。

テオは心《こころ》やさしい男《おとこ》だから、いのってくれてるんだろうよ。きっと神《かみ》さまに……。

それでなくちゃこんなこと……」

五人《にん》はなにやら言《い》いあっていた。通訳《つうやく》が、つたえてくれた。

「いいそうです。ワールド・カップの資格《しかく》はO・Kです。メーン会場《かいじょう》のステージで、さいごのパフォーマンスを」

黒《くろ》ねこは、ハンスさんを見《み》あげてニワァと鳴《な》いたように見《み》えた。


いよいよハンスさんの出番《でばん》になった。顔《かお》はんぶんが泣《な》き顔《がお》、はんぶんが笑《わら》い顔《がお》のハンスさんの化粧《けしょう》。だぶだぶのつりずぼん。はんぶん毛《け》のないしらがあたま。いつもと同《おな》じすがたなのに、この日《ひ》のハンスさんは、それだけで大《おお》きな拍手《はくしゅ》でむかえられた。

あぶなっかしいつなわたり。でも、すてきなワルツ。黒《くろ》ねこの登場《とうじょう》。拍手《はくしゅ》。かん声《せい》。

いつもの黒《くろ》ねこのとんぼ返《がえ》り。そしてあの道《みち》ゆずれ、のかけあい。それでも十分《じゅうぶん》な笑《わら》いをもらっていた会場《かいじょう》がいきなりどよめいた。

「今日《きょう》はすごいよっ。五、六、七……もっとくる。数《かぞ》えきれないねこだよう！」

「ほんとにすごいわ。ねこの大《だい》パレードよっ！」

いったいどこからわいたんだろう。あっちからもこっちからも、ねこたちがメーンステージにかけ上《あ》がってくる。

ブチ。トラ。ミケ。キジ。ペルシャけい。シャムけいのまじった雑種《ざっしゅ》もいる。

つなの上《うえ》のハンスさんはたまげていた。こ、これはワールド・カップじゃなくて、ワールド・キャット大会《たいかい》じゃないかっ。

ねこたちは、ジャンプし、でんぐり返《がえ》りし、ハンスさんの前《まえ》や後《うし》ろで、つぎつぎに、つなをとびこえる。それが終《お》わると、つなの上《うえ》にとびのり、一れつにならんだんだ。

にゃにゃにゃにゃにゃああ、にゃにゃにゃにゃにゃあ、にゃにゃにゃにゃにゃああああ……。

メーンステージの上《うえ》は、ハンスさんのワルツにあわせての大合唱《だいがっしょう》になった。

ハンスさんは、いきなり涙《なみだ》があふれた。目《め》の前《まえ》がかすんだ。バランスをくずして、すとおんと、つなから落《お》ちていた。

だいじょうぶだった。けがはしなかった。落《お》ちたまま、あおむけのまま、ワルツはひき終《お》わった。

ねこたちが、ハンスさんをとりまいた。それからいっせいに空《そら》をあおいだ。

にわわあん、にわわあん、にわわあん。三ど鳴《な》いたかとおもうと、いっせいにステージからかけ降《お》りた。
見物席《けんぶつせき》が、あちこちでゆれた。その間《あいだ》をかけぬけていくねこたち。そのねこたちが、たちまちもどってきた。どのねこもどのねこも、風船《ふうせん》のひものはしっこを、口《くち》にくわえて。

赤《あか》、青《あお》、黄色《きいろ》、白《しろ》、ピンク……。メーンステージの上《うえ》は、ゆれる風船《ふうせん》であふれた。

いくつにもたばねられた風船《ふうせん》。糸《いと》をくわえているねこの足《あし》が、うっかりすると、うき上《あ》がるようになった。

その糸《いと》を足《あし》でおさえつけ、くわえてがんばるねこたち。糸《いと》はあんだみたいにからみあって、ネットみたいになった。そこへ、ねこいっぴきくらいなら、のれる。なんと、ねこたちがしようとしていたことは、それだった。

黒《くろ》ねこは〝風船気球《ふうせんききゅう》〟のま下《した》のネットの上《うえ》にはらばいになったんだ。

ハンスさんは、あっけにとられて、ただつっ立《た》っているだけだった。左手《ひだりて》にバイオリン、右手《みぎて》に弓《ゆみ》をだらりと下《さ》げて。そして、ようやくわれにかえった。われにかえって、ようやく、いまおきようとしていることがわかったんだ。

「ま、まて。まってくれ！」

ようやく、これだけ言《い》ったとき、ねこたちがいっせいに、とびたちたがっている風船《ふうせん》の糸《いと》をはなした。

黒《くろ》ねこは、ふわっとういた。おどろくほどの早《はや》さで、空《そら》へまい上《あ》がっていく。

ほんのいっしゅんだった。ハンスさんの目《め》と黒《くろ》ねこの目《め》が、同《おな》じ高《たか》さですれちがったのは。

なにか言《い》ったのか？　あの口《くち》の動《うご》きは？　ねこの鳴《な》きかたじゃなかったって、ハンスさんはおもった。

黒《くろ》ねこの口《くち》のうごき、あれは人間《にんげん》のことばじゃなかったのか。それもハンスさんの国《くに》のことばで。

メーンステージをうめつくしているお客《きゃく》のどよめきがつづいていた。それがやがて、拍手《はくしゅ》にかわったのは、かたまりあった風船《ふうせん》の下《した》にいる黒《くろ》ねこが、もう、ねこなのかなんなのかわからない、遠《とお》い小《ちい》さな点《てん》になってしまってからだった。

帰《かえ》りの飛行機《ひこうき》は、ハンスさん一人《ひとり》、来《く》るときいっしょだったテオさんはいない。

「テオよ、おまえはいったい、どこへ行《い》っちまったんだい。あんな体《からだ》で、どうして病院《びょういん》ぬけ出《だ》しちまったんだい。

ちりょうひの心配《しんぱい》でもしたのかい。おれがだめなあいぼうだから、たよりにならないからだっていうのかい？

だけどな、こんどは、ちがったぞ。

なんとグランプリだっ。大道芸《だいどうげい》ワールド・カップのチャンピオンなんだぞ。

賞金《しょうきん》の二百万円《ひゃくまんえん》。これだけあれば、おまえの病気《びょうき》の心配《しんぱい》なんかさせないのに」

ハンスさんは、日本《にっぽん》にいていいきまりのさいごの日《ひ》まで、テオさんをさがした。

ハンスさんだけじゃない。けいさつも、ボランティアの人《ひと》たちも、みんな、いっしょうけんめいにさがしてくれた。それでも、どこにもいなかった。それらしい姿《すがた》を(そう! 頭《あたま》にはまだ、ぐるぐるまきのほうたいだもの、どこにいたって、目《め》につくはずだ) 見《み》かけた人《ひと》もいなかった。

『きっと連絡《れんらく》しますからね。わたしたちも、全力《ぜんりょく》で、さがしつづけますから。そうそう、チャンピオンは、来年《らいねん》のワールド・カップには招待《しょうたい》のきまりです。いずれにしてもハンスさんには、また来《き》ていただくことになるでしょう。そのときには、こんどこそあいぼうのテオさんとのコンビの芸《げい》をぜひとも見《み》せてほしいのですよ、わたしたちも』

大会《たいかい》のおもだった人《ひと》の話《はなし》を、通訳《つうやく》はこうつたえてくれた。

「きえたのは、テオ、おまえだけじゃなかった。あの、ふしぎな黒《くろ》ねこもなんだ。ねこのことな、あとになって聞《き》いたんだ。

あのねこたちは、公園《こうえん》に捨《す》てられたノラねこたちなんだそうだ。だから、街《まち》では大《おお》さわぎになってな。ノラねこたちは、つかまえられることにきまってたんだそうだが、みんなが反対《はんたい》しだしたんだそうだ」

たぶん、ノラねこがりは中止《ちゅうし》になるだろうって。だけどテオ、そうなってもそうならなくても、あいつだけはもう公園《こうえん》にはいない。

おかしかったんだぞ。だれもあいつのことを心配《しんぱい》しないんだ。

『風船《ふうせん》はやがてしぼむ。しぼめば、あいつはまた地上《ちじょう》に降《お》りる。それが海《うみ》や湖《みずうみ》でなけりゃきっとまたもどってくる。あいつのことだから、そんなへまはしない。なにもかもちゃんとけいさんしてのことなんだ。

あのメーンステージの芸《げい》は、はじめからきまっていたストーリー。ハンスはねこつかいの名人《めいじん》だったんだ』

そんなうわさがたって、いまではほとんどの人《ひと》が、そう信《しん》じているらしいんだよ。

なあ、おかしいだろ、テオ。

それにしても、神《かみ》さまっているのかな。どこの国《くに》にもいるのかな。どう思《おも》う、テオ」

それにしても……は、もう一《ひと》つあった。ハンスさんは思《おも》い出《だ》していた。

「それにしても、あいつは、あのとき、なんていったんだ？　さよならならわかるが、そうじゃなかった。あの口《くち》の動《うご》きは……。

どうしてなんだよ、どうして、ありがとうだったんだよっ。ありがとうは、こっちの言《い》うことじゃないか！」

ハンスさんは、じわんとなみだがわいた。

窓《まど》の外《そと》は、ずっと夕《ゆう》やけ雲《ぐも》の海《うみ》だった。ハンスさんは、なみだでかすんだその雲《くも》の中《なか》に、ふと、なにかが飛《と》んで行《い》くようにかんじた。

まさか。ハンスさんは、ふふふと笑《わら》った。

笑《わら》いながら、はな水《みず》をぐすんとすすった。

「あいつののった風船《ふうせん》がかい。飛《と》んでるっていうのかい。地球三分《ちきゅうさんぶん》の一を飛《と》んで、おれの国《くに》へむかってるっていうのかい。まさか！

だけど、おれは信《しん》ずることにするよ、テオ。もう一度《いちど》あって、言《い》わなくちゃならん。

おまえにもあいつにも。

ありがとう、ってな。

たくさんのことが、いっぱいつまった、ありがとうなんだ！」

どうだったかね、おまけの話《はなし》は。

じつは、この話《はなし》はまだおきちゃいない。わたしの計画《けいかく》によれば、それはン？年後《ねんご》におこるグランプリなんだ。

ん？　この二人《ふたり》にも、わたしが手《て》をかすのかって？　さあね。だってわたしは悪人《あくにん》をこらしめるのが仕事《しごと》だよ。そんなことばかりしてたら、こわいこわいおえらいさんにまたにらまれちゃう。もっとまじめに仕事《しごと》しろってね。

さあ、おつぎはだれだ！

あとがき

静岡市《しずおかし》の大道芸《だいどうげい》ワールドカップは、今《いま》や日本中《にほんじゅう》にしれわたり、毎年《まいとし》二百万人《にひゃくまんにん》もの人《ひと》たちの笑《わら》いと拍手《はくしゅ》につつまれる大《だい》イベントに成長《せいちょう》しました。

この大道芸《だいどうげい》の先輩格《せんぱいかく》といっていい有名《ゆうめい》な町《まち》が、北《きた》アフリカの国《くに》モロッコにあります。マラケシュの町《まち》の中心《ちゅうしん》〝ジャマ・エル・フナ〟広場《ひろば》です。

火《ひ》を吹《ふ》く男《おとこ》、人間《にんげん》タワー、ジャグリング。そしてひしめく食《た》べ物《もの》の屋台《やたい》。ケバブの煙《けむり》が風《かぜ》にのって流《なが》れて、お腹《なか》の虫《むし》をさわがせます。世界中《せかいじゅう》からやってくる観光客《かんこうきゃく》の楽《たの》しみなコースのひとつなのですが、なんとそれよりすごいのが静岡《しずおか》にできた！

違《ちが》うのは、むこうは一年中《いちねんじゅう》、こっちのは秋《あき》のいく日《にち》かだけ。いないのは、どはでな衣装《いしょう》をまとった水《みず》売りおじさんと、コブラやニシキヘビのヘビ使《つか》いくらいでしょうか。それよりすごいのが世界中《せかいじゅう》からやってきた芸《げい》じまん、力《ちから》じまんたち。グランプリは誰《だれ》か、毎年《まいとし》まい年《とし》みんなが迷《まよ》う名手《めいしゅ》たちばかりです。

ぼくの母《はは》も実《じつ》は、これを楽《たの》しみにしていた一人《ひとり》でした。なんと90歳《さい》になってからも小《ちい》さな折《お》りたたみの椅子《いす》を引《ひ》っ提《さ》げて、ひとつのエリアに陣《じん》どって、次《つぎ》つぎに現《あらわ》れるパフォーマーの技《わざ》に拍手《はくしゅ》していました。

一ばん前《まえ》なんかだとアシスタントに引《ひ》っぱり出《だ》されないかと心配《しんぱい》したのですが、そこはやはり〝年齢制限《ねんれいせいげん》〟があったようです。でももし見物人《けんぶつにん》の高齢《こうれい》グランプリなんてのがあったなら、まちがいなく入賞《にゅうしょう》していたでしょうね。

すごいねえ、どうしてあんなに体《からだ》が柔《やわ》らかいのかねえ。すごいねえ、あんなに高《たか》いところへ登《のぼ》ってこわくないのかねえ。すごいねえ、あの呑《の》みこんじゃった短剣《たんけん》、どうなっちゃうのかねえ。

帰《かえ》ってくると、いつもこんなでした。

幼稚園《ようちえん》にあがる前《まえ》の小さな子《こ》たちから、ひいおじいちゃんやひいおばあちゃんたちまで、こんなにたくさんの人《ひと》をわくわくさせる大道芸《だいどうげい》。人《ひと》は笑《わら》いとどきどきを求《もと》めて集《あつ》まる生《い》き物《もの》だ、というのは、どうやらほんとうのようです。

そんなだった母《はは》はもういません。でもきっと公園《こうえん》のどこかの葉《は》っぱを手《て》のひらにして、風《かぜ》の吹《ふ》くたびに打《う》ち鳴《な》らして、毎年拍手《まいとしはくしゅ》しているかもしれません。

まさしくメルヘンあふれる静岡《しずおか》の秋《あき》。こんな街《まち》にいて物語《ものがたり》にしない手《て》はない。そして生《う》まれたのが、この物語《ものがたり》です。これは〝ゴーストランドのストーカー〟というタイトルで毎《まい》日小学生新聞《にちしょうがくせいしんぶん》に連載《れんさい》したものです。単行本化《たんこうぼんか》にあたって、静岡新聞出版部《しずおかしんぶんしゅっぱんぶ》の編集者《へんしゅうしゃ》の皆《みな》さん、特《とく》に岡崎俊明《おかざきとしあき》さん、石垣詩野《いしがきうたの》さんと新《あら》たに楽《たの》しい絵《え》を加《くわ》えて下《くだ》さった、こぐれけんじろうさんにお礼《れい》を申《もう》し上《あ》げます。

２０１３・秋　作者

■作者プロフィール

作者：大原興三郎（おおはら　こうざぶろう）

一九四一年、静岡県生まれ。静岡市在住。おもな作品に「海からきたイワン」（講談社　青い鳥文庫）「なぞのイースター島」（PHP創作シリーズ）「マンモスの夏」（文渓堂）「10thバースディは運命の日!?」（ポプラ社）ほか多数。映画化された作品に「おじさんは原始人だった」（偕成社）がある。「海からきたイワン」で第一九回講談社児童文学新人賞、第九回野間児童文芸新人賞、「なぞのイースター島」で第十八回日本児童文芸家協会賞を受賞。

画家：こぐれ　けんじろう

一九六六年、東京都生まれ。ニューヨークのアートスチューデントリーグで絵画を学ぶ。主な挿画に「さらば猫の手」（岩波書店）、「ぼくらの心霊スポット」（学習研究社）「風のひみつ基地」（PHP研究所）「0点虫が飛び出した」（あかね書房）など多数。大原興三郎氏の「空飛ぶのらネコ探検隊ひとりぼっちのゾウガメ、ジョージ」（文渓堂）でも表紙、挿絵を担当している。

本書は2007年11月1日から2008年1月29日まで毎日小学生新聞に連載されたものを改題し、加筆修正したものです。

大道芸ワールドカップ～ねらわれたチャンピオン～

2013年10月18日　初版第一刷発行

作者　大原興三郎
画家　こぐれけんじろう
発行者　大石剛
発行　静岡新聞社
〒422-8033　静岡県静岡市駿河区登呂3-1-1
TEL 054-284-1666　FAX054-284-8924
装幀　利根川初美
印刷・製本　図書印刷株式会社

ISBN 978-4-7838-1117-6 C8093